スラスラ書《か》ける

読《どく》書《しょ》感《かん》想《そう》文《ぶん》

企画・監修
上條 晴夫
東北福祉大学教育学部教授

小学1・2年生

永岡書店

もくじ

MAP

この本《ほん》の上手《じょうず》なつかい方《かた》

「おなやみ」をかいけつすれば、かんそう文《ぶん》がスラスラ書《か》けちゃいますよ！

おなやみ

● 読《よ》む本《ほん》がきめられない。

● かんそう文《ぶん》をどう書《か》けばいいかわからない。

これでかい決《けつ》！

かんそう文《ぶん》を書《か》く前《まえ》に ―1～4―

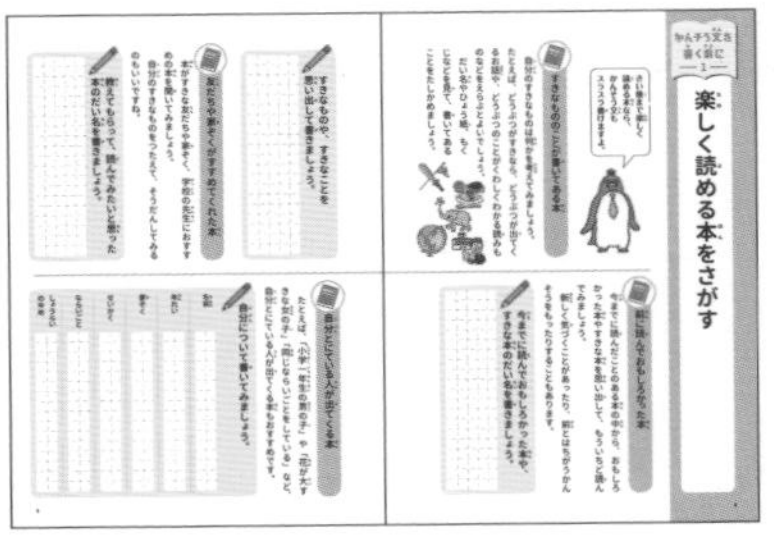

本《ほん》のさがし方《かた》を知《し》って、読《よ》む本《ほん》をきめます。それから、読書《どくしょ》かんそう文《ぶん》の「はじめ・なか・おわり」のかたちの書《か》き方《かた》をおぼえます。本《ほん》を読《よ》みながら、「なか」に書《か》きたいことにふせんをはります。

おなやみ

● ほかの人《ひと》が書《か》いたかんそう文《ぶん》を読《よ》んで、お手本《てほん》にしたい。

● どんな本《ほん》があるのか、もっといろいろ知《し》りたい。

これでかい決《けつ》！

作品《さくひん》のしょうかい＋読《よ》むときのヒント

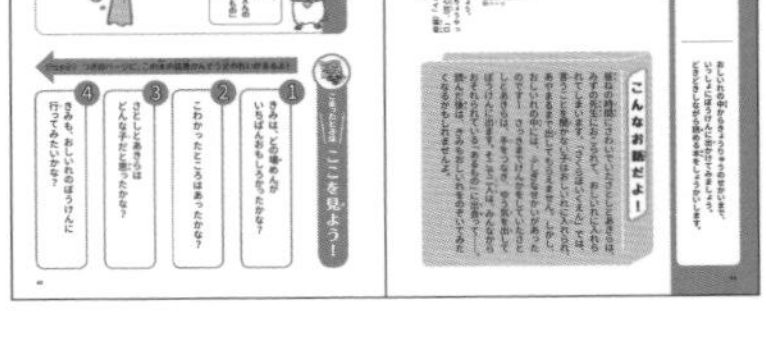

読書《どくしょ》かんそう文《ぶん》のれいにとりあげている作品《さくひん》について、あらすじや作文《さくぶん》に書《か》くポイントなどをしめしています。かんそう文《ぶん》のれいは、これをもとに書《か》かれているので、書《か》くことにまよったら合《あ》わせて読《よ》んでみましょう。

これでかい決《けつ》！

かんそう文《ぶん》を書《か》く ―1〜6―

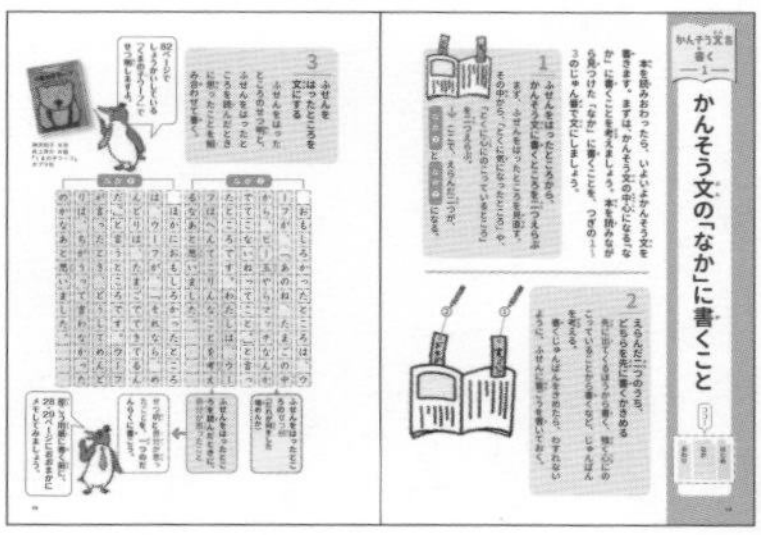

本《ほん》を読《よ》んで、「なか→はじめ→おわり」のじゅん番《ばん》に内《ない》ようを考《かんが》えます。じっさいのかんそう文《ぶん》のれいを見《み》ながらまとめていきます。書《か》きたいことをメモにとっておくと、あとでまようことが少《すく》なくなります。

これでかい決《けつ》！

かんそう文《ぶん》を書《か》いたあとに

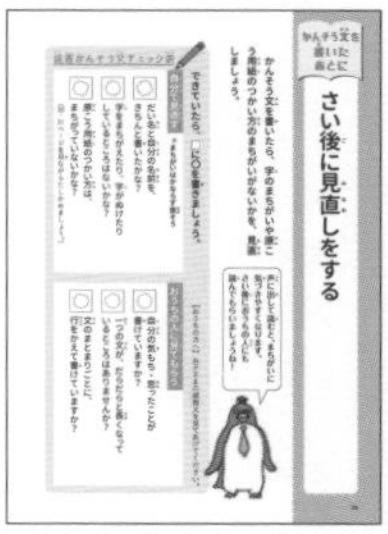

かんそう文《ぶん》を書《か》きおわったら、かならず見直《みなお》しをします。原《げん》こう用紙《ようし》のつかい方《かた》も正《ただ》しくおぼえましょう。

これでかい決《けつ》！

読書《どくしょ》かんそう文《ぶん》のれい

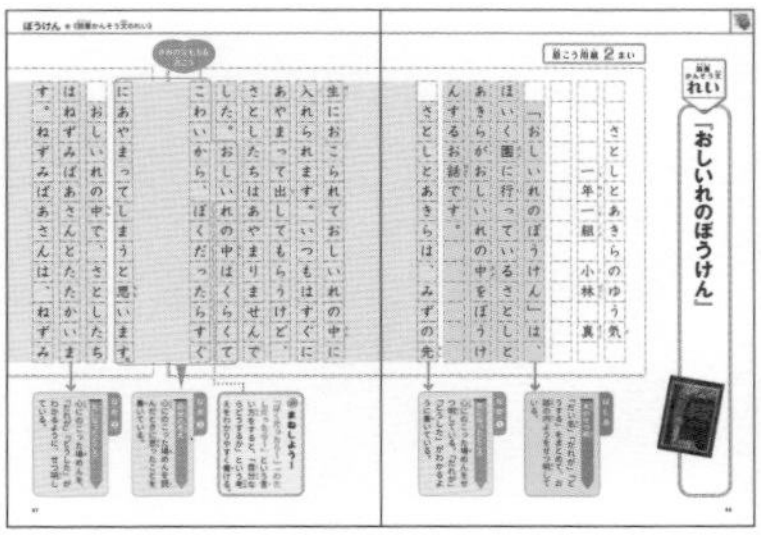

この本《ほん》には、14作品《さくひん》のかんそう文《ぶん》のれいがのっています。文《ぶん》のまとまりごとに「何《なに》を」「どんなふうに」書《か》いているかがわかります。まねしてつかえる文《ぶん》のかたちや、ことばのつかい方《かた》のくふうもしょうかいしています。

これでかい決《けつ》！

おすすめブックガイド

テーマに合《あ》ったおすすめの本《ほん》をしょうかいしています。あらすじとページ数《すう》をチェックして、読《よ》む本《ほん》をきめましょう。

はじめに

この本《ほん》は、小学生《しょうがくせい》のだれにでも読書《どくしょ》かんそう文《ぶん》が書《か》けるように作《つく》った本《ほん》です。
本《ほん》を読《よ》んで、自分《じぶん》が気《き》づいたことや考《かんが》えたことがスラスラ書《か》けるとよいですが、
なかなか書《か》けないことが多《おお》いです。それは、書《か》き方《かた》を知《し》らないから。
でも書《か》くコツを知《し》っていればだいじょうぶです。

この本《ほん》では、つぎの４つのコツを書《か》きました。

1 読《よ》みたい本《ほん》を見《み》つけやすくするために、本《ほん》をたくさんしょうかいしました。

2 かんそう文《ぶん》の文《ぶん》の組《く》み立《た》て方《かた》を、図《ず》をつかってわかりやすくせつ明《めい》しました。

3 かんそう文《ぶん》を書《か》くためのざい料《りょう》あつめに、「ふせん」のつかい方《かた》を教《おし》えました。

4 かんそうの文《ぶん》を、かっこよく書《か》くためのポイントをしめしました。

この本《ほん》のじゅん番《ばん》で書《か》いていけば、きっとかんそう文《ぶん》がかんせいします。
がんばって読書《どくしょ》かんそう文《ぶん》を書《か》いてみてください。

東北福祉大学　教育学部教授
上條晴夫《かみじょうはるお》

【第《だい》1章《しょう》】

読《どく》書《しょ》かんそう文《ぶん》の書《か》き方《かた》

読書《どくしょ》かんそう文《ぶん》の「本《ほん》のえらび方《かた》」「本《ほん》を読《よ》むときのコツ」「何《なに》をどんなじゅん番《ばん》で書《か》けばよいか」をせつ明《めい》しています。

せつ明《めい》を読《よ》みながら書《か》きこめるメモスペースがあるので、このメモを活用《かつよう》しながらかんそう文《ぶん》を考《かんが》えていきましょう。

かんそう文《ぶん》を
書《か》く前《まえ》に
1

楽《たの》しく読《よ》める本《ほん》をさがす

さい後《ご》まで楽《たの》しく
読《よ》める本《ほん》なら、
かんそう文《ぶん》も
スラスラ書《か》けますよ。

すきなもののことが書《か》いてある本《ほん》

自分《じぶん》のすきなものは何《なに》かを考《かんが》えてみましょう。

たとえば、どうぶつがすきなら、どうぶつが出《で》てくるお話《はなし》や、どうぶつのことがくわしくわかる読《よ》みものなどをえらぶとよいでしょう。

だい名《めい》やひょう紙《し》、もくじなどを見《み》て、書《か》いてあることをたしかめましょう。

前《まえ》に読《よ》んでおもしろかった本《ほん》

今《いま》までに読《よ》んだことのある本《ほん》の中《なか》から、おもしろかった本《ほん》やすきな本《ほん》を思《おも》い出《だ》して、もういちど読《よ》んでみましょう。

新《あたら》しく気《き》づくことがあったり、前《まえ》とはちがうかんそうをもったりすることもあります。


今《いま》までに読《よ》んでおもしろかった本《ほん》や、すきな本《ほん》のだい名《めい》を書《か》きましょう。

すきなものや、すきなことを思《おも》い出《だ》して書《か》きましょう。

友《とも》だちや家《か》ぞくがすすめてくれた本《ほん》

本《ほん》がすきな友《とも》だちや家《か》ぞく、学校《がっこう》の先生《せんせい》におすすめの本《ほん》を聞《き》いてみましょう。
自分《じぶん》のすきなものをつたえて、そうだんしてみるのもいいですね。

教《おし》えてもらって、読《よ》んでみたいと思《おも》った本《ほん》のだい名《めい》を書《か》きましょう。

自分《じぶん》とにている人《ひと》が出《で》てくる本《ほん》

たとえば、「小学一年生《しょうがくいちねんせい》の男《おとこ》の子《こ》」や「花《はな》が大《だい》すきな女《おんな》の子《こ》」「同《おな》じならいごとをしている」など、自分《じぶん》とにている人《ひと》が出《で》てくる本《ほん》もおすすめです。

自分《じぶん》について書《か》いてみましょう。

名前《なまえ》

年《ねん》れい

家《か》ぞく

せいかく

ならいごと

しょうらいのゆめ

楽《たの》しく読《よ》める本《ほん》が
わかったら、つぎは、
それに当《あ》てはまる本《ほん》を
さがしますよ！

学校《がっこう》の図書室《としょしつ》や地《ち》いきの図書《としょ》かん

すきなもののことが書《か》いてある本《ほん》や、自分《じぶん》とにている人《ひと》が出《で》てくる本《ほん》などで、だい名《めい》がはっきりしないときは、学校《がっこう》の図書室《としょしつ》の先生《せんせい》や、地《ち》いきの図書《としょ》かんの人《ひと》（司書《ししょ》さん）にそうだんしましょう。

図書室《としょしつ》や図書《としょ》かんには、古《ふる》い本《ほん》から新《あたら》しい本《ほん》まで、子《こ》どもむけの本《ほん》がたくさんあります。読《よ》みたい本《ほん》がきっと見《み》つかるでしょう。

本《ほん》のココをチェック！

●ひょう紙《し》
きょうみがもてそうか、だい名《めい》や絵《え》、しゃしんなどを見《み》る。

●おび
本《ほん》のなかみがわかるヒントがある。

●ぱらぱらとめくってみる
さい後《ご》まで読《よ》めそうか、文字《もじ》、ページ数《すう》をたしかめる。

●もくじ
どんなことが書《か》いてある本《ほん》か、さん考《こう》にする。

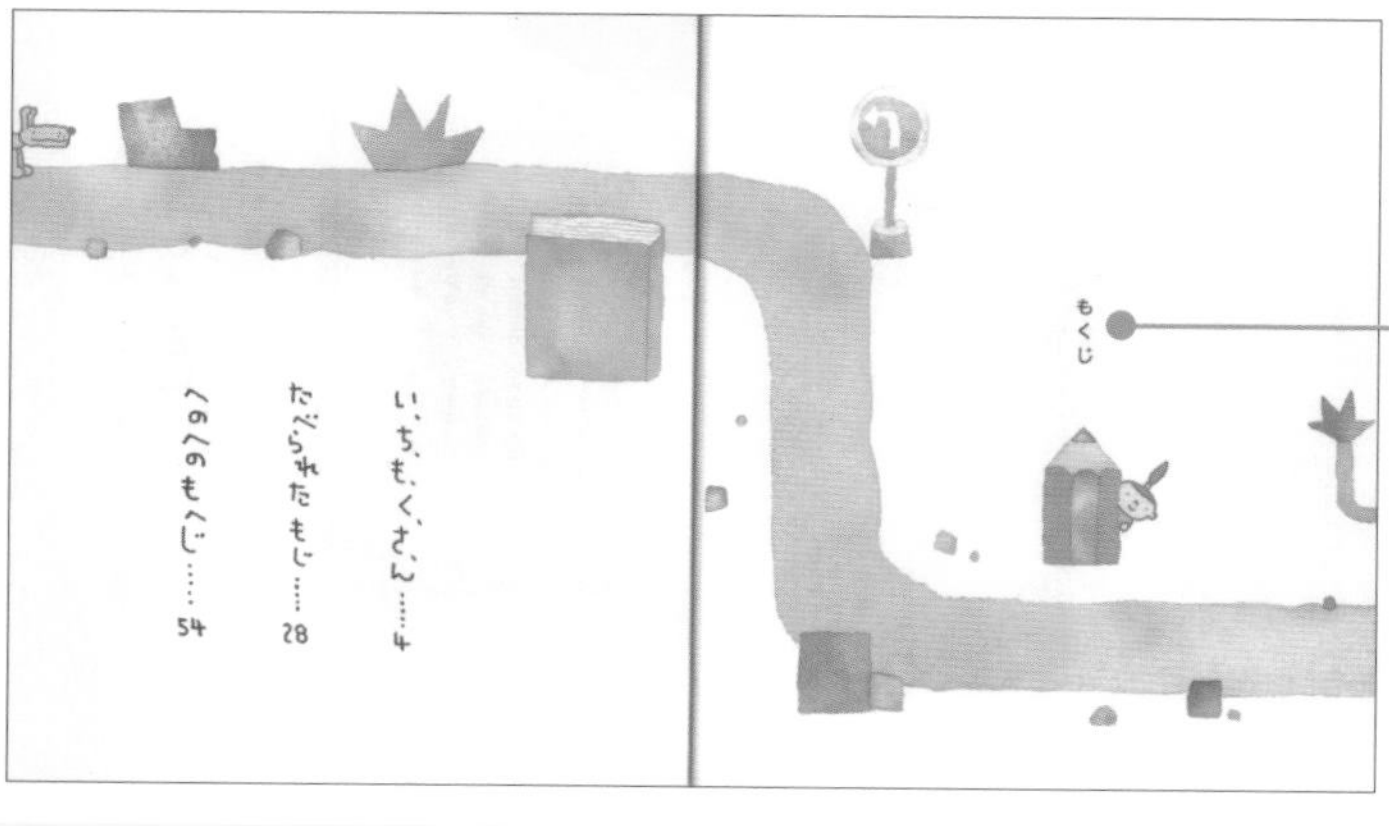

宮下すずか●作
みやざきひろかず●絵
『ひらがなだいぼうけん』偕成社

この本《ほん》は49ページでしょうかいしています。

書店《しょてん》やインターネット

書店《しょてん》には、図書室《としょしつ》や図書《としょ》かんにはまだおいていない、はつ売《ばい》されたばかりの本《ほん》があります。本《ほん》にかかっている、おびの内《ない》ようを読《よ》むと、どんな本《ほん》かがだいたいわかります。

また、インターネットで本《ほん》をさがす方《ほう》ほうもあります。子《こ》どもむけの本《ほん》さがしのさん考《こう》になるサイトなどがあるので見《み》てみましょう。

おうちの人《ひと》といっしょに見《み》ましょう。

絵本《えほん》や子《こ》どもむけの本《ほん》さがしのさん考《こう》になるサイト

- こどもの本《ほん》 on the web
  www.kodomo.gr.jp
- 絵本《えほん》ナビ
  https://www.ehonnavi.net　など

読《よ》む本《ほん》がきまったら、その本《ほん》についてメモをしておきましょう。

だい名《めい》

本《ほん》を書《か》いた人《ひと》の名前《なまえ》

その本《ほん》をえらんだのはどうして？

読書《どくしょ》きろくをつけよう

本《ほん》を読《よ》んだら、本《ほん》のだい名《めい》と書《か》いた人《ひと》の名前《なまえ》、一言《ひとこと》かんそうなどをノートに書《か》いておきましょう。

読《よ》むたびに書《か》いておくと、読書《どくしょ》きろくになって、かんそう文《ぶん》の本《ほん》さがしにもやく立《だ》ちます。

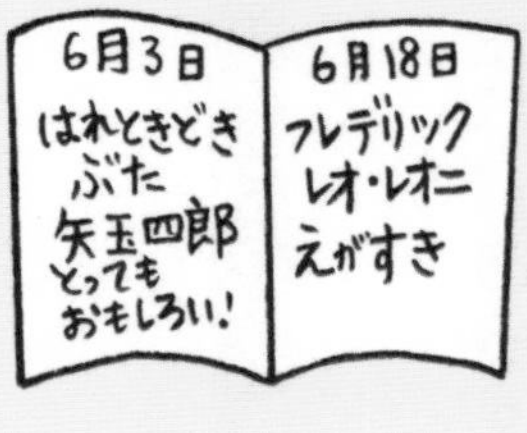

読書《どくしょ》かんそう文《ぶん》のかたち

はじめ **なか** **おわり** の
三《みっ》つのまとまりで書《か》く

とちゅうで書《か》くことにまよったり、あらすじだけの文《ぶん》になったりしないように、読書《どくしょ》かんそう文《ぶん》のかたちをおぼえましょう。

読書《どくしょ》かんそう文《ぶん》のかたち

はじめ

本《ほん》のせつ明《めい》 や **その本《ほん》を読《よ》んだ理《り》ゆう** を書《か》くまとまり

▼▼書《か》き方《かた》は、20〜23ページを見《み》よう。

なか

どのくらいずつ書《か》く?

原《げん》こう用紙《ようし》(十四行《じゅうよんぎょう》)を
二《に》まい書《か》くときのめやす
(だい名《めい》と名前《なまえ》を
書《か》くところはのぞく)

- はじめ 六行《ろくぎょう》
- なか 十四行《じゅうよんぎょう》
- おわり 五行《ごぎょう》

心《こころ》にのこった場《ば》めんのせつ明《めい》と**その場《ば》めんで自分《じぶん》が思《おも》ったこと**を
書《か》くまとまり

▼▼書《か》き方《かた》は、16〜19ページを見《み》よう。

おわり

本《ほん》をさい後《ご》まで読《よ》んで、
いちばん強《つよ》く思《おも》ったことを書《か》くまとまり

▼▼書《か》き方《かた》は、24・25ページを見《み》よう。

本《ほん》を読《よ》むときのポイント

かんそう文《ぶん》の本《ほん》を、ぼんやり読《よ》んでしまうと、何《なに》もかんそうが出《で》てこない……ということになってしまいます。「かんそう文《ぶん》を書《か》くぞ。」という気《き》もちで、つぎのポイントに気《き》をつけて読《よ》みましょう。

絵《え》本《ほん》やどうわなどのお話《はなし》を読《よ》むとき

この本《ほん》は34・52ページでしょうかいしています。

❶ 場《ば》めんのようすを思《おも》いうかべて読《よ》む

お話《はなし》の中《なか》に出《で》てくる人《ひと》やもの、場《ば》しょなどにちゅう目《もく》する。絵《え》もよく見《み》るようにすると、お話《はなし》の場《ば》めんをそうぞうしやすくなる。

ほんとうにあったことが書《か》いてある本《ほん》やちしきの本《ほん》を読《よ》むとき

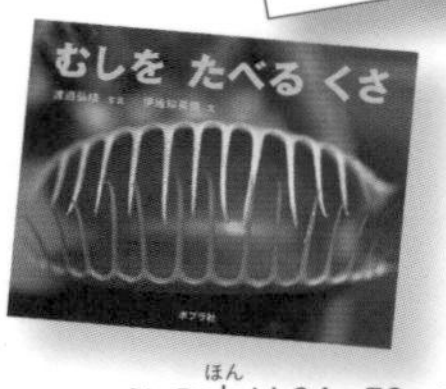

この本《ほん》は94・73ページでしょうかいしています。

❶ はじめて知《し》ったときの気《き》もちをわすれないようにする

本《ほん》を読《よ》んで、はじめて知《し》ったときの、びっくりしたり、ふしぎに思《おも》ったりした気《き》もちを大切《たいせつ》にする。

② 出《で》てくる人《ひと》や、どうぶつの気《き》もちを考《かんが》えながら読《よ》む

しゅ人公《じんこう》のしたことや言《い》ったことにちゅう目《もく》すると、どんな気《き》もちなのかをそうぞうしやすくなる。

③「いつ」「だれが」「何《なに》をした」お話《はなし》かを知《し》る

お話《はなし》のなかみがわかっていないと、かんそう文《ぶん》を書《か》くときにこまってしまう。しゅ人公《じんこう》はだれか、何《なに》をしたのか、どんなことがおきるのか、あらすじをつかむ。

④ 自分《じぶん》だったらどうするかを考《かんが》えて読《よ》む

「もし、自分《じぶん》にお話《はなし》の中《なか》と同《おな》じことがおこったらどうするか」「自分《じぶん》がこの場《ば》めんの中《なか》にいたら何《なん》と言《い》うか」と考《かんが》えてみる。

② わからないところにちゅう目《もく》して読《よ》む

「どうしてかな？　よくわからないな。」と思《おも》ったところを考《かんが》えてみると、もっと知《し》りたいという気《き》もちが生《う》まれ、書《か》いてあることへのきょうみがどんどん高《たか》まる。

③ しゃしんや絵《え》をよく見《み》る

しゃしんや絵《え》をよく見《み》て、気《き》づいたことや思《おも》ったことをかんそう文《ぶん》に書《か》くのもよい。

何《なに》か思《おも》ったことがあったら、どうしてそんなふうに思《おも》ったのかな？　と考《かんが》えてみる。

ふだんから、このようなポイントに気《き》をつけて本《ほん》を読《よ》んでみましょう。お話《はなし》の中《なか》に入《はい》りこみやすくなったり、いろいろなことにきょうみがわくようになったりします。

本《ほん》を読《よ》みながら、「なか」に書《か》くことを見《み》つける

「なか」は、かんそう文《ぶん》の中心《ちゅうしん》になる大切《たいせつ》なまとまりです。

本《ほん》を読《よ》みながら、「なか」に書《か》くことをふせんをつかってさがしておくと、かんそう文《ぶん》をまとめやすくなります。

ふせんとは？

「ふせん」は、本《ほん》にはりつけることができる、小《ちい》さな紙《かみ》です。

ふせんがないときは、ふつうの紙《かみ》を小《ちい》さく切《き》り、しおりのようにページの間《あいだ》にはさんでつかいましょう。

ふせんのつかい方《かた》のやくそく

1. はっていいふせんは、四《よん》まいまで。
2. 少《すく》なくとも、二《に》まいははる。
3. もっとはりたいところが出《で》てきたら、前《まえ》にはったところのどれかをやめて、ふせんをはり直《なお》す。

ふせんのつかい方《かた》

1　本《ほん》を読《よ》んでいて、気《き》もちがうごいたところにふせんをはる

たとえば、「おもしろい」「どきどきした」「楽《たの》しそう」「こわい」「どうして？」と思《おも》ったところにはる。ほかにも、いいなと思《おも》ったことばや、大切《たいせつ》だと思《おも》ったところにもはる。

2　そのとき思《おも》ったことを、みじかいことばでふせんに書《か》く

たとえば、「すごい！」「わくわく」「ピンチ！」などと、みじかく書《か》く。

本《ほん》を読《よ》むじゅんびができたら、□に○を書《か》きましょう。

- ○ 本《ほん》のよういはできたかな？
- ○ ふせんや、ふせんのかわりになる紙《かみ》をよういしたかな？
- ○ えんぴつ、けしゴムをよういしたかな？

さあ、じゅんびができたら、さっそく本《ほん》を読《よ》みはじめますよ！

かんそう文《ぶん》の「なか」に書《か》くこと

本《ほん》を読《よ》みおわったら、いよいよかんそう文《ぶん》を書《か》きます。まずは、かんそう文《ぶん》の中心《ちゅうしん》になる「なか」に書《か》くことを考《かんが》えましょう。本《ほん》を読《よ》みながら見《み》つけた「なか」に書《か》くことを、つぎの1～3のじゅん番《ばん》で文《ぶん》にしましょう。

1 ふせんをはったところから、かんそう文《ぶん》に書《か》くところを二《ふた》つえらぶ

まず、ふせんをはったところを見直《みなお》す。その中《なか》から、「とくに気《き》になったところ」や、「とくに心《こころ》にのこっているところ」を二《ふた》つえらぶ。

↓ ここで、えらんだ二《ふた》つが、なか❶となか❷になる。

2 えらんだ二《ふた》つのうち、どちらを先《さき》に書《か》くかきめる

先《さき》に出《で》てくるほうから書《か》く、強《つよ》く心《こころ》にのこっていることから書《か》くなど、じゅんばんを考《かんが》える。

書《か》くじゅんばんをきめたら、わすれないように、ふせんに番《ばん》ごうを書《か》いておく。

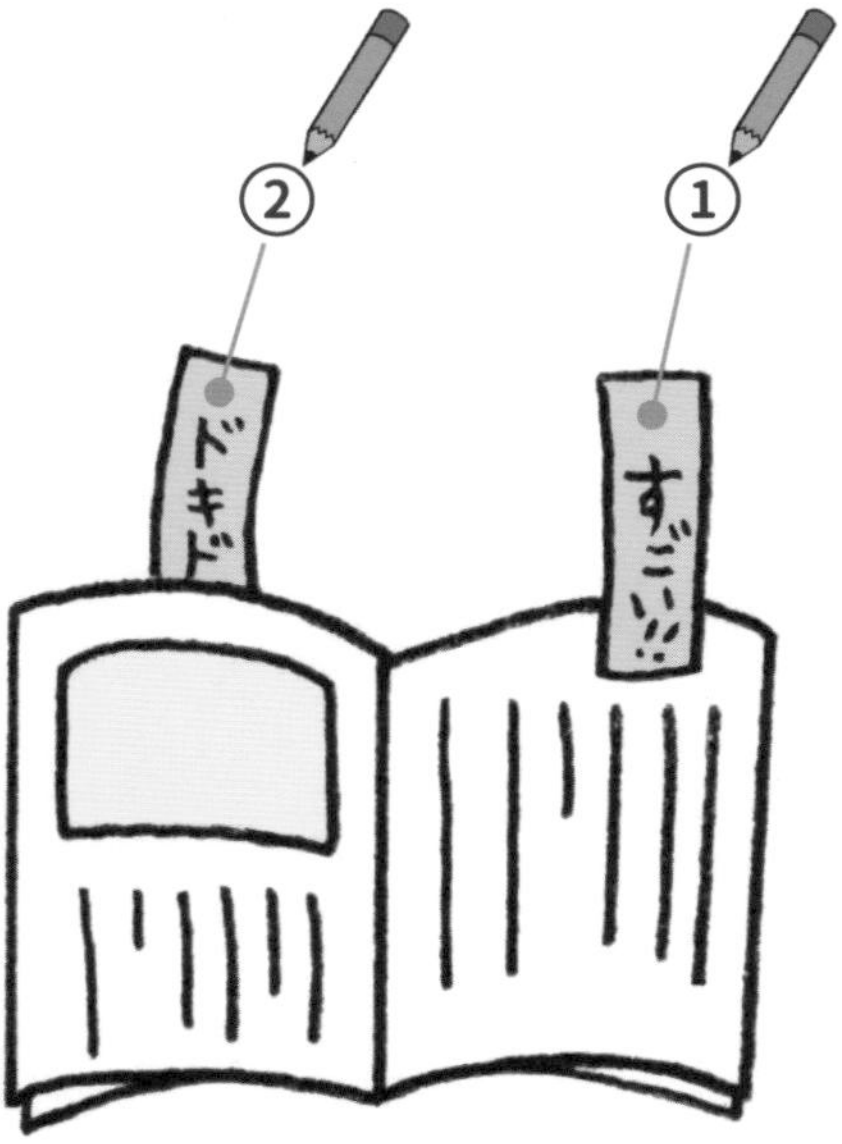

3 ふせんをはったところを文《ぶん》にする

ふせんをはったところのせつ明《めい》と、ふせんをはったところを読《よ》んだときに思《おも》ったことを組《く》み合《あ》わせて書《か》く。

神沢利子 ● 作
井上洋介 ● 絵
『くまの子ウーフ』
ポプラ社

82ページでしょうかいしている「くまの子《こ》ウーフ」でせつ明《めい》しますよ。

なか ❶

　おもしろかったところは、ウーフが、「あのね、たまごの中《なか》から、ビー玉《だま》やらマッチなんか、でてこないねってこと。」と言《い》ったところです。わたしは、ウーフはへんてこりんなことを考《かんが》えるなあと思《おも》いました。

なか ❷

　ほかにおもしろかったところは、ウーフが、「それなら、めんどりは、たまごでできてるんだ。」と言《い》うところです。ウーフが言《い》ったとき、どうしてめんどりは、ちがうって言《い》わなかったのかなあと思《おも》いました。

ふせんをはったところのせつ明《めい》（だれが何《なに》をした場《ば》めんか）

ふせんをはったところを読《よ》んだときに、自分《じぶん》が思《おも》ったこと

せつ明《めい》と自分《じぶん》が思《おも》ったことを、一《ひと》つのだんらくに書《か》こう。

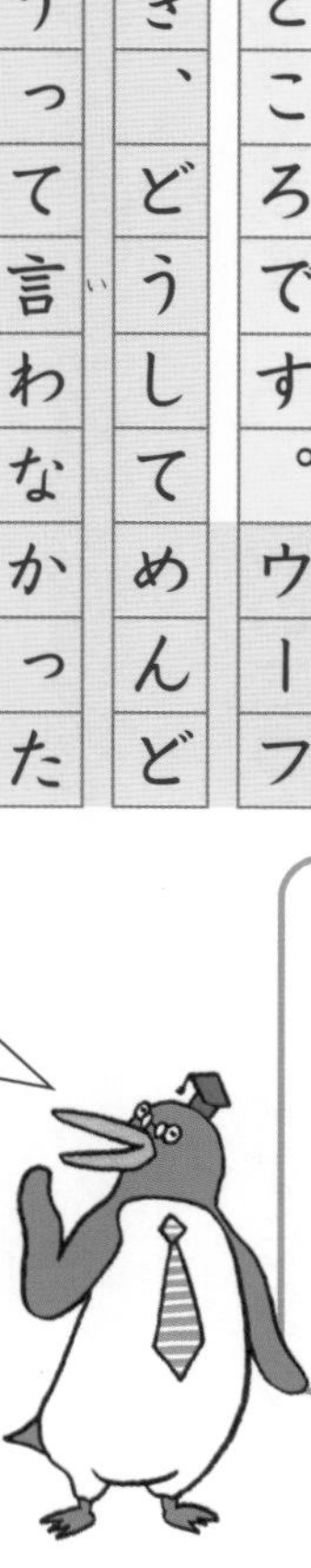

原《げん》こう用紙《ようし》に書《か》く前《まえ》に、28・29ページにおおまかにメモしてみましょう。

かんそう文《ぶん》の「はじめ」に書《か》くこと

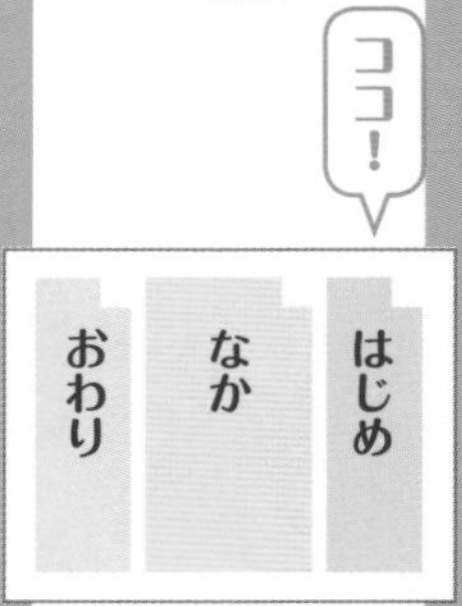

つぎは、かんそう文《ぶん》の「はじめ」に書《か》くことを考《かんが》えます。①・②の二《ふた》つのパターンからきみが書《か》きたいものをえらんで、■の言《い》い方《かた》をつかって書《か》きましょう。

パターン1 本《ほん》のせつ明《めい》

●だい名《めい》は？
●どんなお話《はなし》？など、自分《じぶん》が読《よ》んだ本《ほん》のことを、人《ひと》に教《おし》えてあげるつもりで書《か》く。

だい名《めい》をせつ明《めい》する

わたしは、「くまの子《こ》ウーフ」を読《よ》みました。

わたしが読《よ》んだ本《ほん》は、「くまの子《こ》ウーフ」です。

どんなお話《はなし》かをせつ明《めい》する

この本《ほん》は、くまの子《こ》ウーフが、ふしぎだなと思《おも》ったことをたくさん考《かんが》えるお話《はなし》です。

本《ほん》のせつ明《めい》の書《か》き方《かた》には
このようなしゅるいが
ありますよ。
つぎのページの
②も見《み》てみましょう。

しゅ人公《じんこう》や出《で》てくるものをせつ明《めい》する

　この本《ほん》のしゅ人公《じんこう》は、ウーフです。くいしんぼうなくまの子《こ》です。
　この本《ほん》は、いろいろなどうぶつが出《で》てきます。

ひょう紙《し》をせつ明《めい》する

　この本《ほん》のひょう紙《し》は、くまの子《こ》ウーフの顔《かお》がかいてあります。とてもかわいいです。

パターン 2

本《ほん》を読《よ》んだ理《り》ゆう

どうしてその本《ほん》を読《よ》んだのかを書《か》く。

□の言《い》い方《かた》を
つかうと
かんたんに
書《か》けますよ！

自分《じぶん》のすきなもののことが書《か》いてあった

　ぼくは、どうぶつが大《だい》すきです。だから、この本《ほん》を読《よ》
みたいと思《おも》いました。

だい名《めい》やひょう紙《し》が気《き》に入《い》った

　ぼくは、ひょう紙《し》のウーフの絵《え》がとてもかわいかった
から、この本《ほん》を読《よ》もうと思《おも》いました。
　どうしてこの本《ほん》を読《よ》んだのかというと、「くまの子《こ》ウ
ーフ」というだい名《めい》が気《き》に入《い》ったからです。

友《とも》だち・家《か》ぞく・先生《せんせい》に教《おし》えてもらった

　ぼくは、友《とも》だちが「この本《ほん》、おもしろかったよ。」と教《おし》
えてくれたから、この本《ほん》が読《よ》みたくなりました。

そのほかに、こんなはじめ方《かた》もあります。

チャレンジしよう!

★①本《ほん》のせつ明《めい》と
②本《ほん》を読《よ》んだ理《り》ゆうから、
二《ふた》つくらいえらんで組《く》み合《あ》わせて書《か》く

□わたしは、「くまの子《こ》ウーフ」を読《よ》みました。（パターン1 本《ほん》のせつ明《めい》）

どうしてこの本《ほん》を読《よ》んだのかというと、ひょう紙《し》にかいてあるウーフの絵《え》が、とてもかわいかったからです。（パターン2 本《ほん》を読《よ》んだ理《り》ゆう）

★お話《はなし》の中《なか》に出《で》てくる人《ひと》やどうぶつによびかけることばで、書《か》きはじめる

□「ウーフ、きみって、とってもおもしろい子《こ》だね。」

かんそう文《ぶん》の「はじめ」に書《か》きたいことをえらんで、□に○を書《か》きましょう。

① 本《ほん》のせつ明《めい》
- □ だい名《めい》のせつ明《めい》
- □ どんなお話《はなし》かのせつ明《めい》
- □ しゅ人公《じんこう》や出《で》てくるもののせつ明《めい》
- □ ひょう紙《し》のせつ明《めい》

② 本《ほん》を読《よ》んだ理《り》ゆう
- □ 自分《じぶん》のすきなもののことが書《か》いてあった
- □ だい名《めい》やひょう紙《し》が気《き》に入《い》った
- □ 友《とも》だち・家《か》ぞく・先生《せんせい》に教《おし》えてもらった

かんそう文《ぶん》を書《か》く
3

かんそう文《ぶん》の「おわり」に書《か》くこと

ココ！

はじめ
なか
おわり

「おわり」に書《か》くことを、つぎの三《みっ》つのパターンからえらび、　の言《い》い方《かた》をつかって書《か》きましょう。

パターン1　強《つよ》く思《おも》ったこと

さい後《ご》まで読《よ》んで、いちばん強《つよ》く思《おも》ったことや、心《こころ》にのこったことを書《か》く。

　この本《ほん》を読《よ》んで、わたしは、ウーフはおもしろいことをたくさん考《かんが》えるなあと思《おも》いました。
　ぼくは、ウーフがいっしょうけんめいへびをおいはらうところがいちばん心《こころ》にのこりました。

パターン2　しゅ人公《じんこう》と自分《じぶん》をくらべて考《かんが》えたこと

●ちがうところは？
●にているところは？
など、くらべてみてわかったことを書《か》く。

　ウーフとわたしをくらべてみると、ウーフのほうがあまえんぼうだなと思《おも》いました。
　ぼくとウーフは、あそぶのが大《だい》すきなところが、そっくりだなと思《おも》いました。

パターン3 これからしたいこと

本《ほん》を読《よ》んで、やりたいと思《おも》ったことや、新《あたら》しくできた目《もく》ひょうを書《か》く。

□この本《ほん》を読《よ》んで、ぼくはこれからウーフみたいに、いろいろなことを「どうして？」と考《かんが》えたいと思《おも》いました。

チャレンジしよう！

★①〜③のどれか二《ふた》つを組《く》み合《あ》わせて書《か》く

□ぼくは、ウーフはとてもやさしいんだなあと思《おも》いました。だから、ぼくもこれから、みんなにやさしくしてあげたいと思《おも》います。

パターン1 強《つよ》く思《おも》ったこと

パターン3 これからしたいこと

★お話《はなし》の中《なか》に出《で》てくる、人《ひと》やどうぶつによびかけることばでまとめる

□「ウーフ、友《とも》だちになりたいな。」

かんそう文《ぶん》の「おわり」に書《か》きたいことをえらんで、□に○を書《か》きましょう。

○ 強《つよ》く思《おも》ったこと

○ しゅ人公《じんこう》と自分《じぶん》をくらべて考《かんが》えたこと

○ これからしたいこと

● 読書《どくしょ》かんそう文《ぶん》のだい名《めい》

だい名《めい》は、かんそう文《ぶん》を書《か》きおわってから考《かんが》えるのがおすすめです。自分《じぶん》が書《か》いたかんそう文《ぶん》に合《あ》っただい名《めい》を、考《かんが》えることができます。あとに出《で》てくるかんそう文《ぶん》のれいのだい名《めい》も見《み》てみましょう。

気《き》もちをあらわす言《い》い方《かた》

かんそう文《ぶん》を書《か》くとき、自分《じぶん》の気《き》もちにぴったり合《あ》った言《い》い方《かた》ができたらかっこいいですね。ここでは、気《き》もちをあらわす言《い》い方《かた》をしょうかいします。

楽《たの》しい・おもしろい

- 楽《たの》しかったです。
- おもしろかったです。
- おかしかったです。
- 「あはは。」とわらってしまいました。
- わくわくしました。
- うきうきしました。
- いっしょにあそんでいるみたいで、楽《たの》しかったです。

びっくり

- びっくりしました。
- おどろきました。
- 「わっ。」と声《こえ》が出《で》てしまいました。
- ドキッとしました。
- いきが止《と》まりそうになりました。

なるほど

- なっとくしました。
- 「そっか。」と思《おも》わず言《い》っていました。
- 「うん、うん。」とうなずきながら読《よ》みました。

ふしぎ

- 「なんで？」とふしぎに思《おも》いました。
- 「よくわからないな。」と思《おも》いました。
- わけがわかりませんでした。

こわい

- こわかったです。
- おそろしかったです。
- ぞっとしました。
- びくびくしました。
- せすじがさむくなりました。

かなしい

- かなしかったです。
- つらくなりました。
- むねがずきずきしました。
- なみだが止《と》まりませんでした。

おこる

- はらが立《た》ちました。
- いかりがこみあげてきました。
- むかむかしてきました。
- むしゃくしゃした気分《きぶん》になりました。

気《き》もちのあらわし方《かた》は、いろいろなくふうができますね。

かんそう文《ぶん》のかたちと書《か》くことをたしかめる

かんそう文《ぶん》を書《か》く前《まえ》に、ぜん体《たい》のながれをたしかめる

かんそう文《ぶん》を書《か》くときにまよわないように、メモを作《つく》りましょう。

かんそう文《ぶん》の組《く》み立《た》てを、メモにとっておきましょう。

はじめ

本《ほん》のせつ明《めい》や
その本《ほん》を読《よ》んだ
理《り》ゆうを
書《か》くまとまり

◀書《か》きたいものに○を書《か》きましょう。

① 本《ほん》のせつ明《めい》

- ○ だい名《めい》のせつ明《めい》
- ○ どんなお話《はなし》かのせつ明《めい》
- ○ しゅ人公《じんこう》や出《で》てくるもののせつ明《めい》
- ○ ひょう紙《し》のせつ明《めい》

② 本《ほん》を読《よ》んだ理《り》ゆう

- ○ 自分《じぶん》のすきなもののことが書《か》いてあった
- ○ だい名《めい》やひょう紙《し》が気《き》に入《い》った
- ○ 友《とも》だち・家《か》ぞく・先生《せんせい》に教《おし》えてもらった

なか

❶ ふせんをはったのはどんな場《ば》めんですか。

そこで、どんなことを思《おも》いましたか？

メモのれい

はじめ

本《ほん》のせつ明《めい》や
その本《ほん》を読《よ》んだ
理《り》ゆうを
書《か》くまとまり

◀書《か》きたいものに○を書《か》きましょう。

①本《ほん》のせつ明《めい》

- ○ だい名《めい》のせつ明《めい》
- ○ どんなお話《はなし》かのせつ明《めい》
- ○ しゅ人公《じんこう》や出《で》てくるもののせつ明《めい》
- ○ ひょう紙《し》のせつ明《めい》

②本《ほん》を読《よ》んだ理《り》ゆう

- ○ 自分《じぶん》のすきなもののことが書《か》いてあった
- ○ だい名《めい》やひょう紙《し》が気《き》に入《い》った
- **○** 友《とも》だち・家《か》ぞく・先生《せんせい》に教《おし》えてもらった

なか

心《こころ》にのこった
場《ば》めんの
せつ明《めい》と
その場《ば》めんで
自分《じぶん》が
思《おも》ったことを
書《か》くまとまり

なか❶ ふせんをはったのはどんな場《ば》めんですか。

ウーフが、たまごの
中《なか》からビー玉《だま》は
でてこないと
言《い》うところ。

そこで、どんなことを思《おも》いましたか？

ウーフは、
へんてこりん。

なか❷ ふせんをはったのはどんな場《ば》めんですか。

ウーフが、
めんどりはたまご
でできていると
言《い》うところ。

そこで、どんなことを思《おも》いましたか？

どうしてかな。

お話《はなし》の中《なか》で気《き》に入《い》ったことばなどがあれば書《か》きましょう。

「あのね、たまごの中《なか》からビー玉《だま》やら
マッチなんか、でてこないねってこと。」

おわり

本《ほん》をさい後《ご》まで
読《よ》んで、
いちばん強《つよ》く
思《おも》ったことを
書《か》くまとまり

◀書《か》きたいものに○を書《か》きましょう。

- ○ ①強《つよ》く思《おも》ったこと
- **○** ②しゅ人公《じんこう》と自分《じぶん》をくらべて考《かんが》えたこと
- ○ ③これからしたいこと

なか

心《こころ》にのこった
場《ば》めんの
せつ明《めい》と
その場《ば》めんで
自分《じぶん》が
思《おも》ったことを
書《か》くまとまり

なか❷ ふせんをはったのはどんな場《ば》めんですか。

そこで、どんなことを思《おも》いましたか？

お話《はなし》の中《なか》で気《き》に入《い》ったことばなどがあれば書《か》きましょう。

おわり

本《ほん》をさい後《ご》まで
読《よ》んで、
いちばん強《つよ》く
思《おも》ったことを
書《か》くまとまり

◀書《か》きたいものに○を書《か》きましょう。

- ○ ①強《つよ》く思《おも》ったこと
- ○ ②しゅ人公《じんこう》と自分《じぶん》をくらべて考《かんが》えたこと
- ○ ③これからしたいこと

原《げん》こう用《よう》紙《し》のつかい方《かた》

原《げん》こう用《よう》紙《し》には、つかい方《かた》のきまりがあります。正《ただ》しいつかい方《かた》をおぼえて、ゆっくりていねいに書《か》きましょう。

1 一行目《いちぎょうめ》…だい名《めい》

2 だい名《めい》は、上《うえ》から二《ふた》ます（または三《さん》ます）空《あ》けて書《か》く。

3 二行目《にぎょうめ》…学年《がくねん》・組《くみ》・名前《なまえ》

4 学年《がくねん》・組《くみ》と名字《みょうじ》の間《あいだ》、名字《みょうじ》と名前《なまえ》の間《あいだ》、いちばん下《した》は、一《ひと》ます空《あ》ける。

5 三行目《さんぎょうめ》は空《あ》ける。

6 書《か》き出《だ》しは、一《ひと》ます空《あ》けて書《か》く。

ウーフはへんてこりん

二年《ねん》二組《くみ》　森《もり》　みゆき

わたしは、お母《かあ》さんが「みゆき、ウーフの本《ほん》はおもしろいんだよ。お母《かあ》さんも子《こ》どものとき

原《げん》こう用《よう》紙《し》のきほんのつかい方《かた》

- 一《ひと》ますに一文字《ひともじ》ずつ入《い》れて書《か》く。
- 点《てん》（、）や丸《まる》（。）、かぎ（「　」）も一《ひと》ますに一《ひと》つずつ入《い》れて書《か》く。

丸《まる》（。）とさいごのかぎ（」）は、一《ひと》つのますに書《か》く。

文《ぶん》しょうのまとまりのはじめは、行《ぎょう》をかえて、一《ひと》ます空《あ》けて書《か》く。

本《ほん》のだい名《めい》や、本《ほん》の中《なか》のことばをそのまま書《か》くときは、かぎ（「」）をつける。

に読《よ》んだよ。」と教《おし》えてくれたか
ら、読《よ》みたくなりました。
　おもしろかったところは、ウ
ーフが、「あのね、たまごの中《なか》
から、ビー玉《だま》やらマッチなんか、
でてこないねってこと。」と言《い》っ
たところです。わたしは、ウー
フはへんてこりんなことを考《かんが》え

小《ちい》さい「っ」「ゃ」「ゅ」「ょ」も一《ひと》ますに一《ひと》文字《もじ》ずつ書《か》く。

点《てん》（、）や丸《まる》（。）、かぎ（」）がいちばん上《うえ》のますにくるときは、前《まえ》の行《ぎょう》のさいごのますに文字《もじ》といっしょに書《か》く。または、さいごのますの下《した》に書《か》いてもよい。

なんか、

じゅんびができたら、□に○を書《か》きましょう。

- ○ 28・29ページのメモで、ぜん体《たい》のながれをたしかめたかな？
- ○ 書《か》きたいことをせい理《り》できたかな？
- ○ 原《げん》こう用紙《ようし》をよういしたかな？
- ○ えんぴつとけしゴムをよういしたかな？

さい後《ご》に見直《みなお》しをする

かんそう文《ぶん》を書《か》いたら、字《じ》のまちがいや原《げん》こう用《よう》紙《し》のつかい方《かた》のまちがいがないかを、見直《みなお》しましょう。

読《どく》書《しょ》かんそう文《ぶん》チェック表《ひょう》

できていたら、□に○を書《か》きましょう。

自《じ》分《ぶん》で見直《みなお》す

★まちがいはかならず直《なお》そう

- ○ だい名《めい》と自《じ》分《ぶん》の名《な》前《まえ》を、きちんと書《か》いたかな？
- ○ 字《じ》をまちがえたり、字《じ》がぬけたりしているところはないかな？
- ○ 原《げん》こう用《よう》紙《し》のつかい方《かた》は、まちがっていないかな？

（30・31ページを見《み》ながらたしかめましょう。）

おうちの人《ひと》に見《み》てもらう

【おうちの方へ】お子さまの感想文を見てあげてください。

- ○ 自《じ》分《ぶん》の気《き》もち・思《おも》ったことが書《か》けていますか？
- ○ 一《ひと》つの文《ぶん》が、だらだらと長《なが》くなっているところはありませんか？
- ○ 文《ぶん》のまとまりごとに、行《ぎょう》をかえて書《か》けていますか？

【第《だい》2章《しょう》】

読《どく》書《しょ》かんそう文《ぶん》のれい＋おすすめブックガイド

14さつの本《ほん》についてのじっさいの読書《どくしょ》かんそう文《ぶん》のれいと、テーマごとのおすすめの本《ほん》をしょうかいしています。

「ぼうけん」「たべもの」「しぜん」など、きょうみのあるテーマをさがして、お手本《てほん》にしたいかんそう文《ぶん》のれいや、お気《き》に入《い》りの本《ほん》を見《み》つけましょう。

読《よ》みたいテーマ

ファンタジー

おばけやまほうつかい、ロボットやかいじゅうが出《で》てくる楽《たの》しい本《ほん》をしょうかいします。

『おばけのジョージーおおてがら』

はずかしがりやのおばけ、ジョージー
ある夜《よる》、家《いえ》にどろぼうが…

ロバート・ブライト ● 作・絵
なかがわちひろ ● 訳
徳間書店　2004年
63ページ

ひとくちメモ

この本《ほん》のしゅ人公《じんこう》、「おばけのジョージー」が大《だい》活《かつ》やくするものがたりが、ほかにもあります。シリーズで出《で》ているので、ぜひ読《よ》んでみてください。

「おばけのジョージーともだちをたすける」「おばけのジョージーてじなをする」（徳間書店《とくましょてん》）など

こんなお話《はなし》だよ！

ジョージーは、ホイッティカーさんの家《いえ》にすんでいる小《ちい》さなおばけ。おばけは人間《にんげん》をおどかすもの、と思《おも》うかもしれませんが、ジョージーはとてもはずかしがりやなので、そんなことはできません。でもある夜《よる》、ホイッティカーさんがいないときにどろぼうがやってきたのです！　こうなったらどろぼうをおどかして、おっぱらうしかないのですが……。はずかしがりやでやさしいジョージーは、「おばけらしく」おどかすことができるのでしょうか？　こんなかわいいおばけならあなたも会《あ》ってみたくなるかもしれませんね。

この本《ほん》を読《よ》むためのヒント

このお話《はなし》には、どうぶつも人間《にんげん》も、たくさんとう場《じょう》しますよ。

ホイッティカーさん
ジョージーがすんでいる家《いえ》のふうふ。ジョージーがやねうらにすんでいることは知《し》らない。

おくさん

ジョージー
はずかしがりやの小《ちい》さなおばけ。ホイッティカーさんの家《いえ》にすんでいる。

どろぼう
ホイッティカーさんの家《いえ》のアンティークをぬすんだ。

ふくろうのオリバー
ジョージーの友《とも》だち

ねこのハーマン
ジョージーの友《とも》だち

チェック! つぎのページに、この本《ほん》の読書《どくしょ》かんそう文《ぶん》のれいがあるよ!

こまったときは ここを見《み》よう!

1. ジョージーは、どんなおばけかな?
2. どろぼうがやってきたとき、きみはどう思《おも》ったかな?
3. ジョージーは、どうやってどろぼうをおどかしたかな?
4. 家《いえ》がもとどおりになったとき、きみはどう思《おも》ったかな?

読書《どくしょ》かんそう文《れい》
れい

『おばけのジョージーおおてがら』

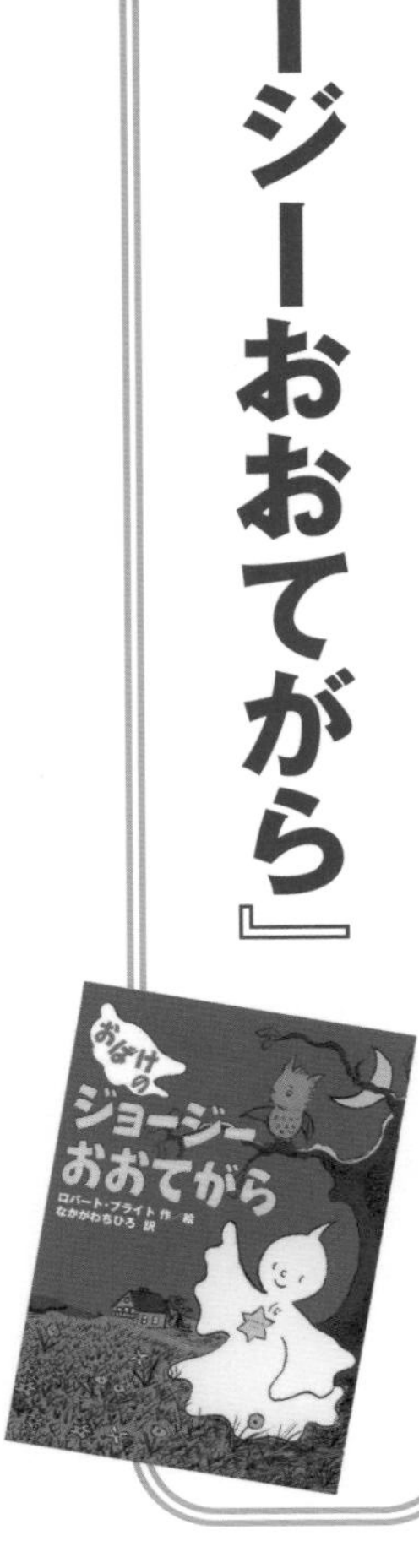

原《げん》こう用紙《ようし》**2**まい

がんばったジョージー

一年二組《いちねんにくみ》　町田《まちだ》良太《りょうた》

ぼくは、「おばけのジョージーおおてがら」を読《よ》みました。ジョージーは、小《ちい》さくてはずかしがりやです。ホイッティカーさんの家《いえ》にすんでいます。

◎まねしよう！

『ぼくは、「○○」を読《よ》みました。』という言《い》い方《かた》をつかうと、なんという本《ほん》を読《よ》んだかをせつ明《めい》する文《ぶん》が書《か》ける。

はじめ

本《ほん》のせつ明《めい》

「だい名《めい》」と「しゅ人公《じんこう》のしょうかい」を書《か》いて、読《よ》んだ本《ほん》のことをせつ明《めい》している。

きみの気《き》もちを書《か》こう

　ホイッティカーさんがいないときに、どろぼうがいろいろなものをぬすんでしまいました。ぼくは、ジョージーがはずかしがりやでどろぼうをおどかせないから、どうなっちゃうんだろうと思《おも》いました。

　ジョージーは、ぬので大《おお》きいおばけみたいになって、どろぼうをおどかしました。ふくろう

なか❶
気《き》になったところ
心《こころ》にのこった場《ば》めんを、一《ひと》つの文《ぶん》にみじかくまとめてせつ明《めい》している。

なか❶
自分《じぶん》の考《かんが》え
心《こころ》にのこった場《ば》めんを読《よ》んだときの気《き》もちを、「**ぼくは、～と思《おも》いました。**」という言《い》い方《かた》をつかって書《か》いている。

なか❷
気《き》になったところ
心《こころ》にのこった場《ば》めんを、「だれが」「何《なに》をした」がわかるようにせつ明《めい》している。

きみの気《き》もちを書《か》こう

とめうしがてつだってくれました。ぼくは、いいことを考《かんが》えついたなあと思《おも》いました。ジョージーは、とても頭《あたま》がいいです。

ぼくは、ジョージーのおかげで、もうどろぼうは来《こ》ないと思《おも》います。ぼくは、ホイッティカーさんに、「ジョージーがどろぼうをおどかしましたよ。」と言《い》ってあげたいです。

なか❷ 自分《じぶん》の考《かんが》え

心《こころ》にのこった場《ば》めんを読《よ》んだときの気《き》もちを、「思《おも》ったこと」と「しゅ人公《じんこう》のことで気《き》がついたこと」の二《ふた》つに分《わ》けて書《か》いている。

おわり 強《つよ》く思《おも》ったこと

この本《ほん》をさいごまで読《よ》んで、「これからどうなると思《おも》うか」と「お話《はなし》に出《で》てきた人《ひと》に言《い》いたいこと」を考《かんが》えて書《か》いている。

◎まねしよう！

『ぼくは、○○さんに、「～。」と言《い》いたいです。』という言《い》い方《かた》をつかうと、お話《はなし》に出《で》てきた人《ひと》に言《い》いたいことが書《か》ける。

まほうのじどうはんばいき

「まほうのじどうはんばいき」から出《で》てくるものって、いったいなに!?

やまだともこ ● 作
いとうみき ● 絵
金の星社　2008年
96ページ

こうへいが学校《がっこう》からの帰《かえ》り道《みち》に見《み》つけた、ボタンと受《う》け取《と》り口《ぐち》だけしかないじどうはんばいき。ある日《ひ》、ゆうきを出《だ》してボタンをおしてみたら、こうへいがひつようだと思《おも》っていたものが出《で》てきた！　お金《かね》を入《い》れるところもない、何《なに》が出《で》てくるかもわからない、ふしぎなじどうはんばいきのお話《はなし》です。

魔女《まじょ》ののろいアメ

魔女《まじょ》から買《か》ったのろいアメ
食《た》べた人《ひと》はどうなっちゃうの…!?

草野あきこ ● 作
ひがしちから ● 絵
PHP研究所　2018年
80ページ

アメを売《う》る魔女《まじょ》から声《こえ》をかけられたサキは、食《た》べたら一日《いちにち》きぜつしてしまうのろいアメを買《か》いました。大《だい》きらいなおねえちゃんに食《た》べさせようと考《かんが》えていたけれど…。サキの計画《けいかく》はうまくいくのでしょうか？

まほうつかいのノナばあさん

こっそりまほうのじゅもんをとなえたら…
スパゲッティがあふれて
町《まち》は大《おお》さわぎ！

トミー・デ・パオラ ● 文・絵
ゆあさふみえ ● 訳
ほるぷ出版　1978年
32ページ

ノナばあさんはまほうつかい。ある日《ひ》、ノッポのアンソニイが、かってにスパゲッティを出《だ》すじゅもんをとなえると、町中《まちじゅう》にスパゲッティがあふれて、大《おお》さわぎ。もし、きみがノナばあさんだったらどうしますか？

モンスター・ホテルでなつやすみ

知《し》らない間《あいだ》に、せなかにおんぶしているけれど、
心《こころ》でそっとおれいを言《い》っている、れいぎ正《ただ》しいおばけです

柏葉幸子 ● 作
高畠純 ● 絵
小峰書店　1993年
67ページ

おんぶおばけ・オンブブの夏休《なつやす》みのしゅくだいは、「一人《ひとり》で山《やま》からモンスター・ホテルに来《く》る」でした。そこはモンスターたちが町《まち》へ出《で》て来《き》たときにとまるホテルで、お父《とう》さんとお母《かあ》さんがまっています。人《ひと》のせなかにとびついていどうするおんぶおばけのオンブブが、一《ひと》ばん、まゆみちゃんの家《いえ》ですごしたときの気《き》もちは？

まゆとおに

やまんばのむすめ　まゆのおはなし

おなかをすかせたおにと、
やまんばのむすめが
出《で》会《あ》ったらどうなっちゃうの？

富安陽子 ● 文
降矢なな ● 絵
福音館書店　2004年
32ページ

おなかをすかせたおにが、まゆをうまくさそいこんで食《た》べようと、わるだくみをしています。でも、まゆはやまんばのむすめ。ひとすじなわではいかなくて…。まゆとおには、どうしてなかよくなれたのでしょう？

3びきのおばけ

ちょっぴりこわい、三《さん》びきのおばけの話《はなし》
おばけのせかいを見《み》てみよう！

早野美智代 ● 文
たかいよしかず、山西ゲンイチ、
かとうまふみ ● 絵
学研プラス　2017年
96ページ

おばけにまつわる三《みっ》つの話《はなし》をしょうかい！　日本《にほん》のむかし話《ばなし》から「一《ひと》つ目《め》こぞう」「三《さん》まいのおふだ」、イギリスのむかし話《ばなし》から「びんの中《なか》のおばけ」がのっています。きみは、どのおばけがこわいと思《おも》うかな？

ようかいでんしゃ

ようかいだらけの電車《でんしゃ》にのっちゃった！
人間《にんげん》だってばれたらどうなっちゃうの？

ナカオマサトシ ● 作
ドーリー ● 絵
ポプラ社　2017年
32ページ

おじいちゃんとおばあちゃんの家《いえ》に行《い》くために一人《ひとり》で電車《でんしゃ》にのったぼく。なんと、それはようかいだらけの〝ようかいでんしゃ〟でした！ ぼくは、ぶじにおじいちゃんとおばあちゃんに会《あ》えるでしょうか？ もしきみが、こんな電車《でんしゃ》にのっちゃったら、どう思《おも》うでしょう？

じごくのそうべえ

そうべい、しかい、ちくあん、ふっかい
四人《よにん》の力《ちから》を合《あ》わせたら、
じごくめぐりもゆかい

たじまゆきひこ ● 作
童心社　1978年
40ページ

黄泉《よみ》の国《くに》に行《い》く道《みち》のと中《ちゅう》で出会《であ》った男四人《おとこよにん》は、じごく行《い》きを言《い》いわたされました。えんま大王《だいおう》や人《ひと》をのみこむおになど、こわい生《い》きものに会《あ》っても、なぜか四人《よにん》は楽《たの》しそう。四人《よにん》はじごくで、どんなことをしたのかな？

ゼラルダと人喰《ひとく》い鬼《おに》

おいしそうな料理《りょうり》がいっぱい！
ゼラルダと人喰《ひとく》い鬼《おに》のお話《はなし》

トミー・ウンゲラー ● 作
たむらりゅういち、あそうくみ ● 訳
評論社　1977年
32ページ

料理《りょうり》のとくいな女《おんな》の子《こ》・ゼラルダと、子《こ》どもを食《た》べるのがすきな人喰《ひとく》い鬼《おに》のお話《はなし》。おいしい料理《りょうり》を食《た》べるうち、人喰《ひとく》い鬼《おに》の心《こころ》がやさしくなります。ゼラルダはどんな気《き》もちで人喰《ひとく》い鬼《おに》に料理《りょうり》を作《つく》ったのでしょう？

ロボットのランスロット
ランスロットのはちみつケーキ

ロボットのジコジコピーは、おつかいのとちゅうではちみつケーキをなくしてしまいますが…

たむらしげる ● 作
偕成社　2005年
32ページ

ランスロットが作《つく》ったロボット・ジコジコピーは、はちみつケーキを買《か》いにおつかいに行《い》きますが、とちゅうでくまのパブロくんとぶつかってしまいます。さいごにみんなでおいしいケーキを食《た》べられたのはどうしてなのか、だれのおかげでケーキを作《つく》ることができたのか、考《かんが》えてみましょう。

ロボット・カミイ

わがままでなき虫《むし》な、紙《かみ》のロボットがようちえんに入《はい》って大《おお》さわぎ！

ふるたたるひ ● 作
ほりうちせいいち ● 絵
福音館書店　1970年
92ページ

たけしとようこは、紙《かみ》のはこでロボットを作《つく》ります。その名《な》は〝カミイ〟。わがままでなき虫《むし》なカミイは、ようちえんでみんなからのけものに…。さて、カミイはみんなとなかよくなれるのでしょうか？

ぼくはロボットパン

食《た》べられたくないロボットパンが、パンやさんをとびだした！ぶじにげられるかな？

さくらいのぶお ● 文
にしかわおさむ ● 絵
小峰書店　1979年
27ページ

パンやからにげ出《だ》したロボットパン。トラックにのったり、工事《こうじ》げんばのエレベーターにのったりして、パンやのおじさんやおまわりさんたちからにげ回《まわ》ります。ロボットパンはどんな気《き》もちでにげたのでしょう？

かいじゅうたちのいるところ

いたずらっこのマックスは、
かいじゅうたちのせかいの王《おう》さまになった！

モーリス・センダック ● 作
神宮輝夫 ● 訳
冨山房　1975年
40ページ

お母《かあ》さんをおこらせて、しんしつにほうりこまれてしまったマックス。へやにいたはずなのに、いつの間《ま》にか、〝かいじゅうたちのいるところ〟にとうちゃくしてしまいます。かいじゅうたちの王《おう》さまになったマックスは、かいじゅうおどりをおどって楽《たの》しんでいたけれど、だんだん家《いえ》がこいしくなって…。マックスは、ぶじに家《いえ》に帰《かえ》れるのでしょうか。

かいじゅうでんとう

夜道《よみち》でひろったふしぎな電《でん》とう
弱《よわ》いけれどにくめない
かいじゅうがくれたもの

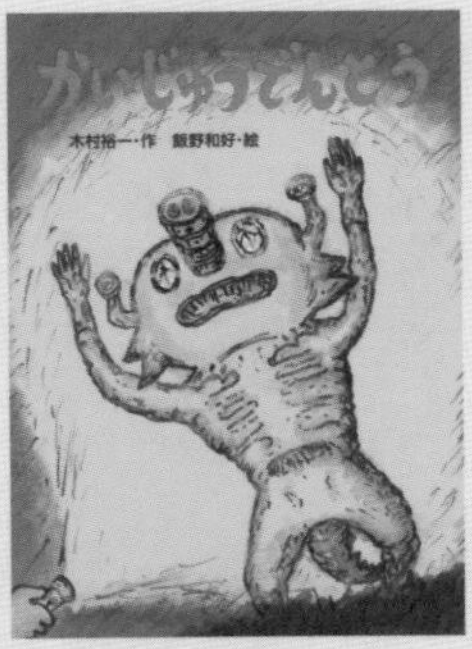

木村裕一 ● 作
飯野和好 ● 絵
あかね書房　1994年
77ページ

夜道《よみち》でぐうぜんひろった電《でん》とう。つけるとかいじゅうがあらわれ、ピンチをすくってくれます。だけど、ちょっとなさけないところが自分《じぶん》を見《み》ているよう…。そんなかいじゅうがぼくに教《おし》えてくれた大切《たいせつ》なものとは？

もりのへなそうる

〝へなそうる〟と子《こ》どもたちが
森《もり》で楽《たの》しくあそびます

わたなべしげお ● 作
やまわきゆりこ ● 絵
福音館書店　1971年
160ページ

てつたくんとみつやくんの兄弟《きょうだい》は、森《もり》でかいじゅうに出会《であ》います。かいじゅうの名前《なまえ》は〝へなそうる〟。なかよしになった三人《さんにん》は、森《もり》で楽《たの》しくあそびます。もし〝へなそうる〟に会《あ》ったら、きみはどうしますか？

読《よ》みたいテーマ

ぼうけん

おしいれの中《なか》からきょうりゅうのせかいまで、いっしょにぼうけんに出《で》かけてみましょう。どきどきしながら読《よ》める本《ほん》をしょうかいします。

『おしいれのぼうけん』

おしいれに入《い》れられたさとしとあきら二人《ふたり》のふしぎなぼうけんがはじまるよ！

ふるたたるひ、たばたせいいち ● 作
童心社　1974年
80ページ

ひとくちメモ

ふるたたるひさんは、子《こ》どもむけの本《ほん》をたくさんはっぴょうしています。おもしろいお話《はなし》がたくさんあるので、ほかの本《ほん》も読《よ》んでみましょう。「ダンプえんちょうやっつけた」（童心社《どうしんしゃ》）、「ロボット・カミイ」（福音館書店《ふくいんかんしょてん》）など

こんなお話《はなし》だよ！

昼《ひる》ねの時間《じかん》にさわいでいたさとしとあきらは、みずの先生《せんせい》におこられて、おしいれに入《い》れられてしまいます。「さくらほいくえん」では、言《い》うことを聞《き》かない子《こ》はおしいれに入《い》れられ、あやまるまで出《だ》してもらえません。しかし、おしいれの中《なか》には、ふしぎなせかいがあったのです！　さっきまでけんかをしていたさとしとあきらは、手《て》をつなぎ、ゆう気《き》を出《だ》してぼうけんに出《で》ます。そこで二人《ふたり》は、みんなからおそれられている「あるもの」に出会《であ》って……。読《よ》んだ後《あと》は、きみもおしいれをのぞいてみたくなるかもしれませんよ。

この本《ほん》を読《よ》むためのヒント

おしいれ

- みずの先生《せんせい》に何回《なんかい》ちゅういされても言《い》うことを聞《き》かない子《こ》は入《い》れられる。
- あやまるまで、出《だ》してもらえない。

ねずみばあさん

- 人形《にんぎょう》げきに出《で》てくる。
- にらまれたねこは、うごけなくなる。
- みずの先生《せんせい》が、「食《た》べてやるか」と気味《きみ》のわるい声《こえ》でねずみばあさんの声《こえ》を出《だ》すと、子《こ》どもたちはこわくなって耳《みみ》をふさいでしまう。

チェック！ つぎのページに、この本《ほん》の読書《どくしょ》かんそう文《ぶん》のれいがあるよ！

こまったときは ここを見《み》よう！

1. きみは、どの場《ば》めんがいちばんおもしろかったかな？
2. こわかったところはあったかな？
3. さとしとあきらはどんな子《こ》だと思《おも》ったかな？
4. きみも、おしいれのぼうけんに行《い》ってみたいかな？

読書《どくしょ》かんそう文《れい》

れい

『おしいれのぼうけん』

原《げん》こう用紙《ようし》 2まい

さとしとあきらのゆう気《き》

一《いち》年《ねん》一《いち》組《くみ》　小《こ》林《ばやし》　真《まこと》

「おしいれのぼうけん」は、ほいく園《えん》に行《い》っているさとしとあきらがおしいれの中《なか》をぼうけんするお話《はなし》です。

さとしとあきらは、みずの先《せん》

はじめ

本《ほん》のせつ明《めい》

「だい名《めい》」「だれが」「どうする」をまとめて、お話《はなし》の内《ない》ようをせつ明《めい》している。

なか ①

気《き》になったところ

心《こころ》にのこった場《ば》めんをせつ明《めい》している。「だれが」「どうした」がわかるように書《か》いている。

きみの気《き》もちを書《か》こう

生《せい》におこられておしいれの中《なか》に入《い》れられます。いつもはすぐにあやまって出《だ》してもらうけど、さとしたちはあやまりませんでした。おしいれの中《なか》はくらくてこわいから、ぼくだったらすぐにあやまってしまうと思《おも》います。

おしいれの中《なか》で、さとしたちはねずみばあさんとたたかいます。ねずみばあさんは、ねずみ

◎まねしよう!

「ぼくだったら〜」「わたしだったら〜」という言《い》い方《かた》をすると、「自分《じぶん》ならどうするか」という考《かんが》えをわかりやすく書《か》ける。

なか①

自分《じぶん》の考《かんが》え

心《こころ》にのこった場《ば》めんを読《よ》んだときに思《おも》ったことを書《か》いている。

なか②

気《き》になったところ

心《こころ》にのこった場《ば》めんを、「だれが」「どうした」がわかるように、せつ明《めい》している。

きみの気《き》もちを書《か》こう

をなんぜんびきもおともにつれていて、とてもこわい顔《かお》をしています。ぼくは、「さとしたちはゆう気《き》があるなあ。二人《ふたり》で力《ちから》をあわせたからがんばれたのかな。」と思《おも》いました。

　ぼくは、さとしたちのゆう気《き》を見《み》ならいたいです。それと、さとしたちと友《とも》だちになりたいです。

なか❷ 自分《じぶん》の考《かんが》え

心《こころ》にのこった場《ば》めんを読《よ》んだときに思《おも》ったことを「 。」をつかって書《か》いている。

◎まねしよう！

『ぼくは、「〜。」と思《おも》いました。』という言《い》い方《かた》をすると、しゃべっているように自分《じぶん》の思《おも》ったことを書《か》ける。

おわり 強《つよ》く思《おも》ったこと

本《ほん》を読《よ》んで、さい後《ご》にどんな気《き》もちになったかを書《か》いている。

ひらがなだいぼうけん

本《ほん》の中《なか》の文字《もじ》たちのぼうけん！
夜《よる》になると、ひらがなたちがそっと出《で》てきて…!?

宮下すずか●作
みやざきひろかず●絵
偕成社　2008年
78ページ

ある夜《よる》、ひらきっぱなしになった本《ほん》の中《なか》から、なにやら話《はな》し声《ごえ》が聞《き》こえてきました。ひそひそこしょこしょ…。そして、あれやこれやというまに、ひらがなたちのだいぼうけんがはじまります。「き」が「さ」になってしまったり、「さ」が「ち」になってしまったり！　あなたは、どの文字《もじ》のおしゃべりをおもしろいと思《おも》いましたか？　お話《はなし》は三《みっ》つ入《はい》っています。

バスをおりたら…

一人《ひとり》でバスにのったら知《し》らない町《まち》に…
まいごになった
女《おんな》の子《こ》の気《き》もちとは？

小泉るみ子●作・絵
ポプラ社　2004年
40ページ

“わたし”は雨《あめ》の日《ひ》も風《かぜ》の日《ひ》も、遠《とお》くはなれた学《がっ》校《こう》に歩《ある》いて行《い》きます。「バスにのりたいな」。ある日《ひ》、こっそりバスにのると、「あれっ、ここはどこ？」。もし、あなたがまいごになったら、どんな気《き》もちになるかな？

ほねほねくんの地下《ちか》めいろ

きょうりゅう、小人《こびと》、ゾンビに出会《であ》った！
地下《ちか》にのびる、
めいろの中《なか》の大《だい》ぼうけん

すえよしあきこ●作
おかもとさつこ●絵
あかね書房　1997年
79ページ

ボールをさがしてとびこんだあなは、地下《ちか》に大《おお》きくのびるめいろでした。そこで出会《であ》った、きょうりゅうとの交《こう》りゅう。ゾンビに会《あ》ったと言《い》う、とむのことばを、お兄《にい》ちゃんがしんじてくれたときの、とむの気《き》もちは？

たんたのたんけん

たん生日《じょうび》にとどいた
一《いち》まいのふしぎな地図《ちず》
さあ、たんけんのはじまり！

中川李枝子 ● 作
山脇百合子 ● 絵
学研プラス　1971年
68ページ

たん生日《じょうび》にとどいた地図《ちず》をもとに、たんたは、たんけんへ。とちゅう、たんたは、ひょうの子《こ》バリヒに出会《であ》いますが…。たんたとバリヒのたんけんは、どんなようすだったかな？　そして、二人《ふたり》がさいごに見《み》つけたものは？

わんぱくだんのまほうのじゅうたん

まほうのじゅうたんにのって、
まほうの国《くに》へしゅっぱつ！

ゆきのゆみこ、上野与志 ● 作
末崎茂樹 ● 絵
ひさかたチャイルド　2013年
36ページ

ものおきごやで、古《ふる》ぼけたじゅうたんを見《み》つけたわんぱくだん。じゅもんをとなえると、まほうのじゅうたんがふわりとうき上《あ》がって…。きみは、どんなまほうの国《くに》に行《い》ってみたいですか？

あるきだした小《ちい》さな木《き》

人間《にんげん》の世界《せかい》にあこがれた
ちびっこの木が、さまざまな
町《まち》や人《ひと》に出会《であ》うぼうけん物語《ものがたり》

ボルクマン ● 作
セリグ ● 絵
はなわかんじ ● 訳
偕成社　1969年　68ページ

ある日《ひ》、ちびっこの木《き》は、あるきだして人間《にんげん》の町《まち》に出《で》かけます。どうしてちびっこの木は森《もり》を出《で》たのでしょう？　ちびっこの木《き》がさいごの場《ば》しょにたどりつくまでに、どんな人《ひと》や町《まち》に出会《であ》い、どうかわっていったのかな？

川《かわ》のぼうけん

山《やま》のてっぺんにふった雨《あめ》は、
大《おお》きな川《かわ》になって
海《うみ》をめざします

エリザベス・ローズ ● 文
ジェラルド・ローズ ● 絵
ふしみみさを ● 訳
岩波書店　2012年
32ページ

山《やま》のてっぺんにふった雨《あめ》は、はじめは、ちょろちょろとした小《ちい》さながれでしたが、どんどん大《おお》きく広《ひろ》がっていきます。〝海《うみ》〟をめざす、〝川《かわ》〟のぼうけんのはじまり！　海《うみ》についたとき、川《かわ》はどんな気《き》もちだったかな？

恐竜《きょうりゅう》の谷《たに》の大冒険《だいぼうけん》

ツリーハウスにあった本《ほん》で、本《ほん》の世界《せかい》へタイムトラベル！

メアリー・ポープ・オズボーン ● 著
食野雅子 ● 訳
KADOKAWA／
メディアファクトリー　2002年
157ページ

マジック・ツリーハウス1

ジャックとアニーは、アメリカにすむなかよしきょうだい。ある日、森《もり》の木《き》の上《うえ》にツリーハウスを見《み》つけます。おいてあったきょうりゅうの本《ほん》をひらくと…。もし、本《ほん》物《もの》のきょうりゅうに出《で》会《あ》ったら、きみはどうしますか？

エルマーのぼうけん

りゅうの子《こ》どもをたすけるためにぼうけんに出《で》たエルマーは？

ルース・スタイルス・ガネット ● 作
ルース・クリスマン・ガネット ● 絵
わたなべしげお ● 訳
福音館書店　1963年
128ページ

エルマーとりゅうのぼうけんをえがいたシリーズ一作目《いっさくめ》のお話《はなし》。どうぶつ島《じま》にとらえられたりゅうの子《こ》どもの話《はなし》を聞《き》いたエルマーの行《こう》どうにちゅう目《もく》して、おもしろかったところや、感心《かんしん》したところを考《かんが》えてみましょう。

れいぞうこのなつやすみ

れいぞうことい っしょにプールへ…!?
けんいちの家《か》ぞくと
れいぞうこのゆかいなお話《はなし》

村上しいこ ● 作
長谷川義史 ● 絵
PHP研究所　2006年
80ページ

こわれてしまったれいぞうこを点《てん》けんしていると、れいぞうこが話《はな》し出《だ》した！　そしてれんぞうこがプールに行《い》ってみたいと言《い》うので、家《か》ぞくで出《で》かけることに…。れいぞうこの夏休《なつやす》みはいつまでつづくのでしょうか？

はじめてのキャンプ

なほちゃんのはじめてのキャンプ
小《ちい》さいからできないなんて
ことはない！

林明子 ● 作
福音館書店　1984年
104ページ

なほちゃんは、小《ちい》さな女《おんな》の子《こ》。大《おお》きい子《こ》たちといっしょにキャンプに出《で》かけます。みんなと同《おな》じようにおもいものをもったり、ごはんを作《つく》ったりできるでしょうか？　きみは、このお話《はなし》のどんなところが心《こころ》にのこったかな？

読《よ》みたいテーマ

わらっちゃう話《はなし》

思《おも》わずわらってしまう本《ほん》や、へんてこりんなことがおこるおもしろい本《ほん》をしょうかいします。

『はれときどきぶた』

あれあれ？「あしたの日記《にっき》」に書《か》いたことが、ぜんぶ本当《ほんとう》になっちゃった!?

矢玉四郎 ● 作・絵
岩崎書店　1980年
80ページ

ひとくちメモ

この本《ほん》は、日本語《にほんご》だけでなく、外国《がいこく》のことばに書《か》き直《なお》されて、せかいのたくさんの国《くに》で読《よ》まれています。また、この「はれときどきぶた」のシリーズは、全部《ぜんぶ》で十作品《じっさくひん》出《で》ています。

こんなお話《はなし》だよ！

ぼくは、畠山則安《はたけやまのりやす》。小学三年生《しょうがくさんねんせい》だ。どんなにはずかしくても、本当《ほんとう》のことを毎日日記《まいにちにっき》につけていることがじまんだ。でも、ある日《ひ》母《かあ》さんがぼくの日記《にっき》をこっそり見《み》ていたんだ！ヒドイ！　母《かあ》さんをぎゃふんと言《い》わせるためにも、ぼくはでたらめな「あしたの日記《にっき》」を書《か》くことにした。でも、日記《にっき》に書《か》いたことがどんどん本当《ほんとう》になって、へびは出《で》てくるし、母《かあ》さんはえんぴつを天《てん》ぷらにしちゃうし。そして、ついにはぶたが……!!　則安《のりやす》くんのへんてこな絵日記《えにっき》と、ありえない出来事《できごと》にわらいが止《と》まらなくなりますよ！

この本《ほん》を読《よ》むためのヒント

則安《のりやす》くんが書《か》いた、「あしたの日記《にっき》」の一《いち》ページを、ちょっとお見《み》せしちゃいます！

ほかにも、でたらめで、とってもおもしろい「あしたの日記《にっき》」がたくさん出《で》てくるよ！

チェック！ つぎのページに、この本《ほん》の読書《どくしょ》かんそう文《ぶん》のれいがあるよ！

こまったときは ここを見《み》よう！

1. 則安《のりやす》くんは、どんな日記《にっき》を書《か》いていたかな？
2. 則安《のりやす》くんの日記《にっき》を読《よ》んで、きみはどう思《おも》ったかな？
3. いちばんおもしろかったところは、どこかな？
4. きみが「あしたの日記《にっき》」を書《か》くとしたら、どんなことを書《か》きたいかな？

読書《どくしょ》かんそう文《れい》
れい

『はれときどきぶた』

原《げん》こう用紙《ようし》**2**まい

えんぴつの天《てん》ぷらとぶた

二《に》年《ねん》一《いち》組《くみ》　山《やま》口《ぐち》　広《ひろし》

　ぼくは、「はれときどきぶた」というだい名《めい》がおもしろかったから、この本《ほん》を読《よ》もうと思《おも》いました。「はれときどきぶた」は日《にっ》記《き》にへんなことを書《か》くと、ぜ

はじめ

読《よ》んだ理《り》ゆう＋本《ほん》のせつ明《めい》

この本《ほん》を読《よ》んだ理《り》ゆうを、「**〜だから、この本《ほん》を読《よ》もうと思《おも》いました。**」という言《い》い方《かた》をつかって書《か》いている。また、この本《ほん》がどんなお話《はなし》なのかを、一《ひと》つの文《ぶん》にみじかくまとめてせつ明《めい》している。

なか❶

気《き》になったところ

おもしろいと思《おも》った場《ば》めんを、「だれが」「何《なに》をした」がわかるようにせつ明《めい》している。

きみの気《き》もちを書《か》こう

んぶ本当《ほんとう》になるお話《はなし》です。

ぼくがおもしろいと思《おも》ったところは、父《とう》さんがえんぴつの天《てん》ぷらを食《た》べたところです。ぼくは、本《ほん》を読《よ》みながら大《おお》わらいしました。どんなあじかな、かたくないのかなと思《おも》いました。

ほかにおもしろいと思《おも》ったところは、空《そら》にぶたがたくさんうかんでいたところです。ぶたが

まねしよう！

「本《ほん》を読《よ》みながら大《おお》わらいしました。」「本《ほん》を読《よ》みながらなみだが出《で》てきました。」というふうに、読《よ》んでいるときの自分《じぶん》のようすを書《か》くと、そのときの気《き》もちがよくわかる文《ぶん》が書《か》ける。

なか①　自分《じぶん》の考《かんが》え

おもしろいと思《おも》った場《ば》めんを読《よ》んだときに、「自分《じぶん》がどうなったかな」「どう思《おも》ったか」を書《か》いている。

なか②　気《き》になったところ

おもしろいと思《おも》った場《ば》めんを、「何《なに》が」「どうした」がわかるようにせつ明《めい》している。

きみの気《き》もちを書《か》こう

ならんで空《そら》にうかんでいる絵《え》がおもしろいです。こんなにたくさんぶたがいたら、ブーブーうるさいだろうなと思《おも》いました。

　ぼくは、おもしろそうだから、あしたの日記《にっき》を書《か》いてみようかなと思《おも》いました。へんなことを書《か》いたら本当《ほんとう》になるかもしれないから、夜《よる》はどきどきしてねむれないと思《おも》います。

まねしよう！

おもしろい絵《え》や、気《き》に入《い》った絵《え》がある場合《ばあい》、この言《い》い方《かた》をつかって書《か》くのもよい。

なか❷

自分《じぶん》の考《かんが》え

おもしろいと思《おも》った場《ば》めんの絵《え》を見《み》て思《おも》ったことを書《か》いている。

おわり

これからしたいこと

本《ほん》を読《よ》んで、自分《じぶん》がやってみたいと思《おも》ったことを書《か》いている。やったらどうなるかを思《おも》いうかべて、つづけて書《か》くとおもしろい。

かいけつゾロリ たべるぜ！ 大《おお》ぐいせんしゅけん

ゾロリたちが大《おお》ぐいせんしゅけんにちょうせん 食《た》べて、食《た》べて、食《た》べまくるぞ！

原ゆたか ● 作・絵
ポプラ社　2007年
103ページ

きつねのゾロリと、ふたごのいのししイシシとノシシ。いっしょにたびをつづけるこの三人《さんにん》が、テレビの大《おお》ぐいせんしゅけんに出《で》ることに。食《た》べることには自《じ》しんがある三《さん》人《にん》ですが強《きょう》てきもいっぱい！　きょ大《だい》ようかん、ラーメンマラソン…ゾロリたちはゆうしょうできるのでしょうか？　きみはゾロリたちのどのアイデアにかん心《しん》しましたか？

キャベツくん

キャベツくんとブタヤマさんの会話《かいわ》が楽《たの》しい本《ほん》

長新太 ● 文・絵
文研出版　1980年
28ページ

はらぺこのブタヤマさんに食《た》べられそうになったキャベツくん。ところが、「ぼくをたべるとキャベツになるよ！」とキャベツくんは言《い》うのです。二人《ふたり》の会話《かいわ》で、おもしろかったのはどのぶぶんでしたか？

さるのせんせいとへびのかんごふさん

どうぶつ村《むら》の楽《たの》しいびょういん おもしろいちりょうがいっぱい！

穂高順也 ● 文
荒井良二 ● 絵
ビリケン出版　1999年
32ページ

どうぶつ村《むら》のびょういんでは、さるの先生《せんせい》とへびのかんごふさんが大《だい》かつやく。へびのかんごふさんは、ちゅうしゃや、ものさしになることもできるのです。きみがかんじゃさんだったら、どう思《おも》うかな？

おでん おんせんにいく

おでんが、おんせんランドへ！
お気《き》に入《い》りのおゆをさがそう

中川ひろたか●作
長谷川義史●絵
佼成出版社　2004年
64ページ

おでんの親子《おやこ》がおんせんランドへ行《い》きました。そこには、おしるこのおんせんや、クリームシチューのおんせんなど、たくさんのおゆがあります。きみがおでんだったら、どんなおんせんに入《はい》りたいですか？

トラのじゅうたんになりたかったトラ

トラはごはんを食《た》べるために
とんでもないことを思《おも》いつく！

ジェラルド・ローズ●文・絵
ふしみみさを●訳
岩波書店　2011年
32ページ

やせこけたトラは、きゅうでんのトラのじゅうたんになりすまして、こっそりごはんをぬすみ食《ぐ》いしていました。だけどあるとき、きゅうでんにどろぼうが入《はい》って…。あわてたトラは、どうしたのでしょう？

へんてこもりにいこうよ

ヘンテ・コスタさんが作《つく》った
「へんてこもり」って!?

たかどのほうこ ● 作・絵
偕成社　1995年
78ページ

なかよし四人組《よにんぐみ》が「へんてこもり」でどうぶつしりとりをしていると、へんてこなやつがあらわれた！　どうしてどうぶつたちは、さいごに、わになったのかな？　きみもへんてこなどうぶつを考《かんが》えてみましょう。

へいきのヘイタ

イシシとノシシのスッポコペッポコへんてこ話《ばなし》

「こわいものなし」のヘイタが
おばけやしきに行《い》くと!?

原京子 ● 文
原ゆたか ● 絵
ポプラ社　2007年
151ページ

こわいものがないヘイタ。「一回《いっかい》こわがってみたい」と、おばけやしきにとまったら、一《ひと》つ目《め》や火《ひ》の玉《たま》、ろくろ首《くび》など、ばけものたちが出《で》てきました。でもヘイタはこわがるどころか…。そんなヘイタがこわいものとは？

まんじゅうこわい（落語絵本《らくごえほん》2）

本当《ほんとう》のところ「こわい」＝「すき」ってこと？
松《まっ》つぁんのちゃめっけが何《なん》ど読《よ》んでもわらえます

川端誠 ● 作
クレヨンハウス　1996年
24ページ

なかま同《どう》しできらいな「いきもの」を言《い》い合《あ》うことになりました。みんなが、へびやくも、ありなどと言《い》っているのに、松《まっ》つぁんが言《い》ったのは、なんと「まんじゅう」。そこからが松《まっ》つぁんのとんちのはじまり。松《まっ》つぁんへのいたずらに、なかまが町中《まちじゅう》のまんじゅうを買《か》いしめ、大《おお》もりにして松《まっ》つぁんの目《め》の前《まえ》に…。さて、松《まっ》つぁんは、本当《ほんとう》にまんじゅうがこわいのでしょうか？

いいからいいから

しあわせのじゅもんを教《おし》えるね
「いいからいいから」、ほらね？

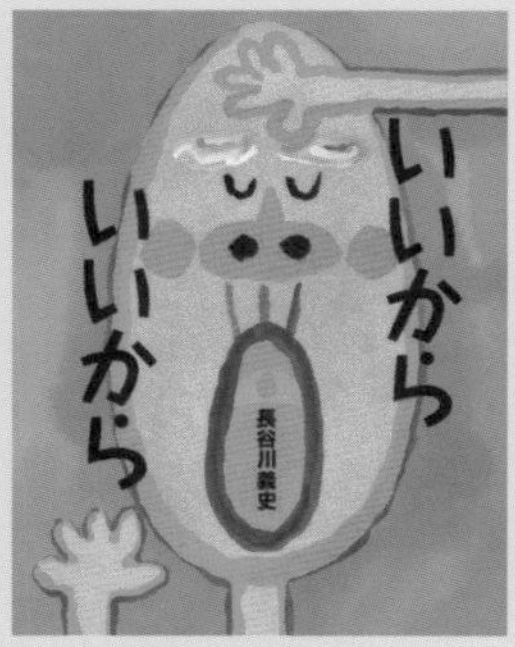

長谷川義史 ● 作
絵本館　2006年
24ページ

おじいちゃんの口《くち》ぐせは、「いいからいいから」。かみなりが来《き》ても、ごちそうしてふろまで入《い》れて、しまいにはおへそをとられても「いいからいいから」。おじいちゃんのまわりの人《ひと》が、だれもおこっていないのは、なぜ？

しゃっくりがいこつ

ヒック、ヒック、ヒック…
がいこつのしゃっくりが
止《と》まらない！

マージェリー・カイラー ● 作
S・D・シンドラー ● 絵
黒宮純子 ● 訳
らんか社　2004年
32ページ

しゃっくりが止《と》まらないがいこつ。しゃっくりを止《と》めるために、目《め》玉《だま》をおさえたり、水《みず》をのんだり、いろいろやってみるけれど…。がいこつは、どんな方《ほう》ほうでしゃっくりを止《と》めることができたか、わかりますか？

読《よ》みたいテーマ

たべもの

たまごやきに、だんごに、ラーメン！ さまざまな料理《りょうり》やたべものが出《で》てくるお話《はなし》をしょうかいします。

『おしゃべりなたまごやき』

たまごやきが大《だい》すきな、ある国《くに》のある王《おう》さまのお話《はなし》

王《おう》さまのせいで、おしろはいつも大《おお》さわぎ！

寺村輝夫 ● 作
長新太 ● 画
福音館書店　1972年
24ページ

こんなお話《はなし》だよ！

ある日《ひ》、王《おう》さまはおしろのにわとり小屋《ごや》をついついあけてしまいます。あっという間《ま》におしろはにわとりだらけの大《おお》さわぎに！ 王《おう》さまは、うそをついておしろのみんなをこまらせます。さあ、さい後《ご》はどうなるのでしょうか？

こまったときは ここを見《み》よう！

1 どの場《ば》めんが、いちばんおもしろかったかな？

2 王《おう》さまは、どんなせいかくだと思《おも》うかな？

3 王《おう》さまのうそがばれたところで、きみはどんなことを思《おも》ったかな？

4 きみと王《おう》さまのにているところはあるかな？ ちがうところはあるかな？

原《げん》こう用《よう》紙《し》 **2** まい

読書《どくしょ》
かんそう文《れい》
れい

『おしゃべりなたまごやき』

王《おう》さまらしくない王《おう》さま

一年《いちねん》二《に》組《くみ》　下田《しもだ》　佳子《よしこ》

「おしゃべりなたまごやき」は、ある国《くに》の王《おう》さまがうそをついて、さい後《ご》にばれてしまうお話《はなし》です。

おもしろかったのは、王《おう》さま

はじめ

本《ほん》のせつ明《めい》

「だい名《めい》」「だれが」「どうする」をまとめて、お話《はなし》の内《ない》ようをせつ明《めい》している。

まねしよう！

「おもしろかったのは、～ところです。ほかにおもしろかったのは、……ところです。」という言《い》い方《かた》をすると、おもしろいと思《おも》うところをじゅんじょよくせつ明《めい》できる。

きみの気《き》もちを書《か》こう

がめんどりに「ぼくが、鳥小屋《とりごや》をあけたのを、だれにもいうなよ。……だまってろ。」とめいれいするところです。わたしは、へんな王《おう》さまだなと思《おも》いました。めんどりがわかるわけがないのに、話《はな》しかけるなんておもしろい王《おう》さまです。

　ほかにおもしろかったのは、めだまやきをつぶしたときに、

なか①　気《き》になったところ

おもしろかった場《ば》めんをせつ明《めい》している。「だれが」「何《なに》を」言《い》ったのかを「 。」をつかって書《か》いている。

なか①　自分《じぶん》の考《かんが》え

おもしろかった場《ば》めんを読《よ》んだときに思《おも》ったことを書《か》いている。

なか②　気《き》になったところ

ほかにおもしろかった場《ば》めんの内《ない》ようを、一《ひと》つの文《ぶん》にまとめてせつ明《めい》している。

きみの気《き》もちを書《か》こう

きみの中《なか》から王《おう》さまの声《こえ》が聞《き》こえたところです。大《おお》きな声《こえ》でわらってしまいました。どうしてかというと、王《おう》さまのうそがコックさんにばれたからです。

王《おう》さまは、少《すこ》しいじわるなところや、へんなところがあるけど、めだまやきが大《だい》すきな、王《おう》さまらしくない王《おう》さまでおもしろかったです。

なか❷ 自分《じぶん》の考《かんが》え

おもしろかった場《ば》めんを読《よ》んだときにしたことと、その理《り》ゆうを書《か》いている。

◎まねしよう！

「どうしてかというと、〜からです。」という言《い》い方《かた》をつかうと、理《り》ゆうをせつ明《めい》できる。

おわり 強《つよ》く思《おも》ったこと

お話《はなし》のしゅ人公《じんこう》について「こんな人《ひと》だな。」と強《つよ》く思《おも》ったことを考《かんが》えてまとめている。

おこめが　できた！

おこめが作《つく》られるようすをのぞいてみよう！

中川孝俊 ● 監修
岩間史朗 ● 写真
ひさかたチャイルド　2013年
28ページ

きみは、おこめがどうやって作《つく》られるか知《し》っていますか？　おこめは田《た》んぼで、何《なん》か月《げつ》もかけて作《つく》られます。この本《ほん》では、いねから白米《はくまい》になるまでのようすをしゃしんでしょうかいしています。おこめ作《づく》りは、どんなところが大《たい》へんなのでしょうか？

トマトさん　こどものとも傑作集《けっさくしゅう》

トマトさんのひょうじょうが楽《たの》しい
夏《なつ》のある日《ひ》のできごと

田中清代 ● 作
福音館書店　2006年
28ページ

ある夏《なつ》の日《ひ》、トマトの木《き》からおちたトマトさん。あつくて川《かわ》でおよぎたいのに、自分《じぶん》で川《かわ》にとびこめません。トカゲたちが、そんなトマトさんをたすけてくれます。川《かわ》に入《はい》れたトマトさんは、どんな気《き》もちだったでしょう？

じごくのラーメンや

えんまさまが作《つく》ったのは、
だれも食《た》べられないくらい
からーいラーメン！

苅田澄子 ● 作
西村繁男 ● 絵
教育画劇　2010年　32ページ

じごくの人間《にんげん》たちは、何《なん》にもないじごくが大《だい》きらい。それを知《し》ったえんまさまは、じごく名《めい》ぶつ「ちの池《いけ》ラーメン」を作《つく》ったけれど、これがとってもからくって…。どんな人《ひと》たちがラーメンを食《た》べにきたのでしょう？

わくわく・にんげん
かがくのとも傑作集《けっさくしゅう》

よもぎだんご

ばばばあちゃんが教《おし》えてくれる
よもぎだんごの作《つく》り方《かた》

さとうわきこ ● 作
福音館書店　1989年
28ページ

ばばばあちゃんがよもぎだんごの作《つく》り方《かた》を教《おし》えてくれます。そのほか、つくし、せり、のびるなど、食《た》べられるしぜんのしょくぶつがたくさんとう場《じょう》。きみは、どんなしょくぶつにきょうみをもちましたか？

しょうたとなっとう

だいずが、なっとうになるまでが
くわしくわかる本《ほん》

星川ひろ子、星川治雄 ● 写真・文
小泉武夫 ● 原案・監修
ポプラ社　2003年
36ページ

おじいちゃんとまごのしょうたが、だいずをそだてるしゃしん絵本《えほん》。夏《なつ》のはじめにまいただいずが、ひと月《つき》すると「えだまめ」になり、秋《あき》には「だいず」、そして「なっとう」に大《だい》へんしん。きみは、なっとうがすきかな？

給食番長《きゅうしょくばんちょう》

さあ、大《たい》へん！
給食《きゅうしょく》の先生《せんせい》が家出《いえで》をしちゃった
番長《ばんちょう》、どうする？

よしながこうたく ● 作
好学社　2014年
32ページ

一年《いちねん》二《に》組《くみ》のみんなはいつもすききらいばかり。ついにおこった給食《きゅうしょく》の先生《せんせい》たちは、家出《いえで》をしてしまいます。自分《じぶん》たちだけで給食《きゅうしょく》を作《つく》ると言《い》った番《ばん》長《ちょう》は、はたしてうまくできたのでしょうか？

うたうしじみ

しじみのかわいいいびきを聞《き》いた
おばあさんは、海《うみ》にかえす
けっ心《しん》をしますが…

児島なおみ ● 作
偕成社　2005年
32ページ

しじみがすやすやといびきをかいています。これを聞《き》いたまほうつかいのおばあさんは、しじみを料理《りょうり》できなくなってしまいます。ほうきがつかえなくなったおばあさんは、どうやってしじみを海《うみ》にかえしたのかな？

読《よ》みたいテーマ

のりもの

きみは、どんなのりものがすきかな？ 電車《でんしゃ》やきかん車《しゃ》がしゅ人公《じんこう》のお話《はなし》や、はたらくのりものなどの本《ほん》をしょうかいします。

『地下鉄《ちかてつ》のできるまで』

地下鉄《ちかてつ》のトンネルはどうやってつくるのかな？
くふうがいっぱいの地下《ちか》のせかいをのぞいてみよう

加古里子 ● 作
福音館書店　1987年
32ページ

ひとくちメモ

加古里子《かこさとし》さんは、人間《にんげん》の体《からだ》のしくみや、しぜん、科学《かがく》のふしぎなどを子《こ》どもが楽《たの》しく学《まな》べるようにと考《かんが》えて、たくさんの絵《え》本《ほん》をかいた人《ひと》です。八十《はちじゅっ》ページでしょうかいしている「地球《ちきゅう》―その中《なか》をさぐろう―」（福音館書店《ふくいんかんしょてん》）などもおもしろいですよ。

こんなお話《はなし》だよ！

地《じ》めんの下《した》や、川《かわ》の下《した》を通《とお》る地下鉄《ちかてつ》のトンネルが、どのようにつくられているか知《し》っていますか？ 広《ひろ》い道《どう》ろの下《した》にトンネルを作《つく》る場《ば》合《あい》は、地上《ちじょう》から地下《ちか》にむかってトンネルをほります。これは「かいさくこうほう」という方《ほう》ほうです。この方《ほう》ほうで、今《いま》まで多《おお》くのトンネルがつくられてきました。そのほかには、「シールドこうほう」「トレンチこうほう」などの方《ほう》ほうもあります。地下鉄《ちかてつ》のトンネルは、さまざまなくふうをしながらつくられているのです。また、地下鉄《ちかてつ》のトンネルのしゅるいもたくさんしょうかいされていますよ。

この本《ほん》を読《よ》むときのヒント

地下鉄《ちかてつ》のまめちしきをしょうかいしましょう。

日本《にほん》で地下鉄《ちかてつ》がある地《ち》いきは？

ぜんぶで十二《じゅうに》の地《ち》いきにあるよ。

日本《にほん》で一番《いちばん》ふかいところにつくられた地下鉄《ちかてつ》の駅《えき》はどこ？

東京都《とうきょうと》にある、都営地下鉄《とえいちかてつ》大江戸線《おおえどせん》の六本木駅《ろっぽんぎえき》だよ。

チェック！ つぎのページに、この本《ほん》の読書《どくしょ》かんそう文《ぶん》のれいがあるよ！

こまったときは ここを見《み》よう！

1 どんなこうじの方《ほう》ほうが書《か》いてあったかな？

2 はじめて知《し》ったことはどんなことかな？

3 すごいなと思《おも》ったり、おどろいたりしたのは、どんなことかな？

4 地下鉄《ちかてつ》のトンネルのつくり方《かた》を知《し》って、どんなことを思《おも》ったかな？

原《げん》こう用紙《ようし》2まい

読書《どくしょ》かんそう文《れい》

れい

『地下鉄《ちかてつ》のできるまで』

ぼくは地下《ちか》てつはかせ

二年二組《にねんにくみ》　佐藤《さとう》　正行《まさゆき》

ぼくは電車《でんしゃ》がすきです。この前《まえ》はじめて地下《ちか》てつにのりました。そのときに、どうやって地《ち》下《か》に長《なが》いトンネルをつくるのか知《し》りたいと思《おも》ったから、この本《ほん》

はじめ

読《よ》んだ理《り》ゆう

「**〜から、この本を読《よ》むことにしました。**」という言《い》い方《かた》で、この本を読《よ》んだ理《り》ゆうをせつ明《めい》している。

◎ **まねしよう！**

「**はじめに〜のことが書《か》いてありました。**」という言《い》い方《かた》をつかうと、どんなことが書《か》いてあったかをみじかいことばでわかりやすくせつ明《めい》することができる。

きみの気《き》もちを書《か》こう

を読《よ》むことにしました。

はじめに「かいさくこうほう」のことが書《か》いてありました。その中《なか》でぼくがわくわくしたのは、トンネルの大《おお》きさに合《あ》わせててっきんを組《く》んで、コンクリートを流《なが》しこむところです。コンクリートを流《なが》しこんでいるところを見《み》てみたいと思《おも》いました。

つぎの「シールドこうほう」

なか❶

気《き》になったところ

「**わくわくしたのは、～ところです。**」という言《い》い方《かた》で、心《こころ》にのこったところをせつ明《めい》している。

なか❶

自分《じぶん》の考《かんが》え

心《こころ》にのこったところを読《よ》んだときに、自分《じぶん》がどうしたいと思《おも》ったかを書《か》いている。

なか❷

気《き》になったところ

「**おどろいたのは、～ところです。**」という言《い》い方《かた》で、心《こころ》にのこったところをせつ明《めい》している。

きみの気《き》もちを書《か》こう

で、ぼくがおどろいたのは、トンネルをほりながら、かべもつくるところです。大《たい》へんなしごとを同時《どうじ》にすすめていくなんてすごいなと思《おも》いました。

地下《ちか》てつのトンネルのつくり方《かた》がくわしく書《か》いてあって、とてもおもしろかったです。ぼくは、地下《ちか》てつはかせになったみたいな気《き》もちになりました。

なか❷

自分《じぶん》の考《かんが》え

心《こころ》にのこったところについて、どんなことがすごいと思《おも》ったのかを書《か》いている。

おわり

強《つよ》く思《おも》ったこと

本《ほん》を読《よ》んで、さい後《ご》にどんな気《き》もちになったかを書《か》いている。

まねしよう！

「〜みたいな気もちになりました。」という言《い》い方《かた》をすると、自分《じぶん》の気《き》もちをわかりやすくせつ明《めい》できる。

いたずらきかんしゃちゅうちゅう

小《ちい》さなきかんしゃのちゅうちゅうが まきおこす大《だい》そうどう

バージニア・リー・バートン ● 文・絵
むらおかはなこ ● 訳
福音館書店　1961年
46ページ

きかんしゃのちゅうちゅうは、きゃくしゃや、かしゃを引《ひ》いてはたらいています。ところがある日《ひ》、きゃくしゃを引《ひ》くのをやめて、かってに走《はし》り出《だ》してしまったから大《たい》へん！ きかんしのジムたちが、ちゅうちゅうをおいかけます。お話《はなし》のさいしょとさいごで、ちゅうちゅうの気《き》もちは、どんなふうにかわっていったかな？

チムとゆうかんなせんちょうさん

チムシリーズ1

あらしの船《ふね》に とりのこされたチムは…!?

エドワード・アーディゾーニ ● 作
せたていじ ● 訳
福音館書店　2001年
48ページ

船《ふな》のりになりたいチムは、汽《き》船《せん》にもぐりこみ、船員《せんいん》としてはたらくようになります。そんなある日《ひ》、あらしがきて、船長《せんちょう》とチムは船《ふね》にとりのこされてしまい…。船長《せんちょう》さんは、チムにどんなことばをかけたでしょうか？

はしれ、きたかぜ号《ごう》

はじめての一人《ひとり》たびは ワクワクとハラハラがいっぱい！

渡辺有一 ● 作
童心社　1985年
48ページ

夜汽車《よぎしゃ》で青森《あおもり》のおばあちゃんの家《いえ》に行《い》くことになったゆきこ。海《うみ》ぞいを走《はし》っているとちゅうでのってきたのは？ はじめて一人《ひとり》で電車《でんしゃ》にのったときのきんちょうと、何《なん》だかなきたいような気《き》もち。きみならどう思《おも》うかそうぞうしてみましょう。

とべ！ ちいさいプロペラき

小《ちい》さなプロペラきのはつひこう
ゆう気《き》をだして大空《おおぞら》へ！

小風さち ● 作
山本忠敬 ● 絵
福音館書店　1989年
32ページ

はつひこうを心《こころ》まちにしているプロペラきは、自《じ》分《ぶん》より大《おお》きなジェットきを見《み》て自《じ》しんをなくしてしまいます。だけどジェットきにはげまされて…。プロペラきははじめて空《そら》をとんだとき、どんな気《き》もちだったかな？

きかんしゃやえもん

古《ふる》びてしまった、やえもん
そんなやえもんを人々《ひとびと》は
こわそうと言《い》い出《だ》した！

阿川弘之 ● 文
岡部冬彦 ● 絵
岩波書店　1959年
46ページ

古《ふる》びてしまったきかん車《しゃ》のやえもんは、くずてつにされるところを交通《こうつう》はくぶつかんの人《ひと》にたすけられます。長《なが》い間《あいだ》はたらいてきたのに、こわされると言《い》われたときのやえもんは、どんな気《き》もちだったのでしょう？

わくわく・にんげん
かがくのとも傑作集《けっさくしゅう》

はしる はしる とっきゅうれっしゃ

とっきゅうれっしゃの走《はし》る
ようすを絵《え》で見《み》て楽《たの》しめる本《ほん》

横溝英一 ● 作
福音館書店　2002年
28ページ

とっきゅうれっしゃが、しはつえきからしゅうちゃくえきまで走《はし》るようすを絵《え》でえがいた本《ほん》です。ページをめくると、風《ふう》けいがどんどんかわっていきます。きみは、れっしゃのどんなところに、きょうみをもちましたか？

本格《ほんかく》イラスト図鑑《ずかん》　しょうぼうしゃ

しょうぼうしゃには、
どんなしゅるいがあるのかな？
しくみをのぞいてみよう！

たかのてつさぶろう ● 絵
スタジオ タック クリエイティブ
2017年
32ページ

はしごしゃ、ポンプしゃ、すいそうしゃなど、いろいろなしゅるいのしょうぼうしゃを絵《え》でしょうかい！　つかいみちに合《あ》わせたしくみになっていることがわかりますよ。きみは、どのしょうぼうしゃがすきですか？

読《よ》みたいテーマ

しぜん

身近《みぢか》にあるしょくぶつから遠《とお》いうちゅうまで、きみのきょうみがある内《ない》ようはあるかな？ しぜんを知《し》ることができる本《ほん》をしょうかいします。

『むしを たべる くさ』

すごい！ すごい！ かいじゅうみたいな草《くさ》たちだよ！

渡邉弘晴●写真
伊地知英信●文
ポプラ社　2008年　35ページ

ひとくちメモ

「むしを たべる くさ」は、「ふしぎいっぱい写真絵本《しゃしんえほん》」シリーズの作品《さくひん》です。このシリーズには「クラゲ ゆらゆら」「うんちレストラン」など、おもしろい本《ほん》がたくさんあります。きょうみがあったら、ほかの本《ほん》も読《よ》んでみましょう。

こんなお話《はなし》だよ！

ハエトリグサやウツボカズラ、こんな名前《なまえ》を聞《き》いたことがありますか？ へんな名前《なまえ》と思《おも》うかもしれませんが、これらは「虫《むし》をつかまえて食《た》べるしょくぶつ」の名前《なまえ》なんです。「しょくぶつなのに、虫《むし》をつかまえて食《た》べるの？」と思《おも》ったら、さっそく読《よ》んでみましょう。どんなふうに虫《むし》をつかまえたり、食《た》べたりするのか、はく力《りょく》のあるしゃしんでしょうかいします！ はさんだり、あなにおとしたり、そのようすを見《み》たらびっくりすることまちがいなし！ しぜんの中《なか》にはこんなふしぎな生《い》きものがいるんですね。

この本《ほん》を読《よ》むためのヒント

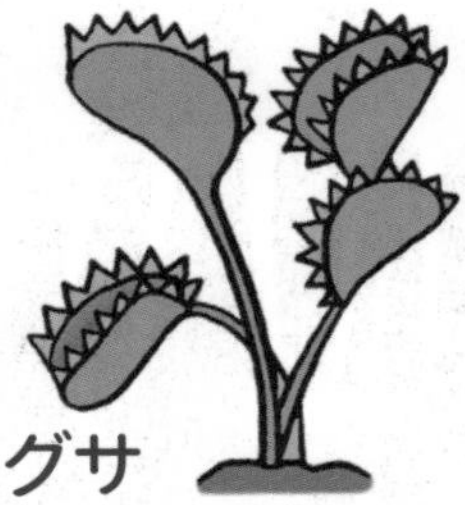

1 ハエトリグサ

虫《むし》をつかまえてから
はっぱがひらくまで、
どれくらいかかるでしょう。

ア）　一週間《いっしゅうかん》くらい
イ）　三日《みっか》くらい

2 モウセンゴケ

一枚《いちまい》のはっぱには、
何本《なんぼん》の毛《け》が生《は》えているでしょう?

ア）　三十本《さんじゅっぽん》くらい
イ）　二百本《にひゃっぽん》くらい

答《こた》えは下《した》を見《み》よう。

こまったときは ここを見《み》よう!

1 いちばんおもしろいと思《おも》った草《くさ》はどれかな?

2 いちばんおもしろかった草《くさ》は、どんな形《かたち》をしているかな?

3 どのしゃしんにいちばんびっくりしたかな?

4 虫《むし》を食《た》べる草《くさ》についてどんなことを思《おも》ったかな?

（クイズの答《こた》え：1.ア　2.イ）

読書《どくしょ》
かんそう文《れい》
れい

『むしを たべる くさ』

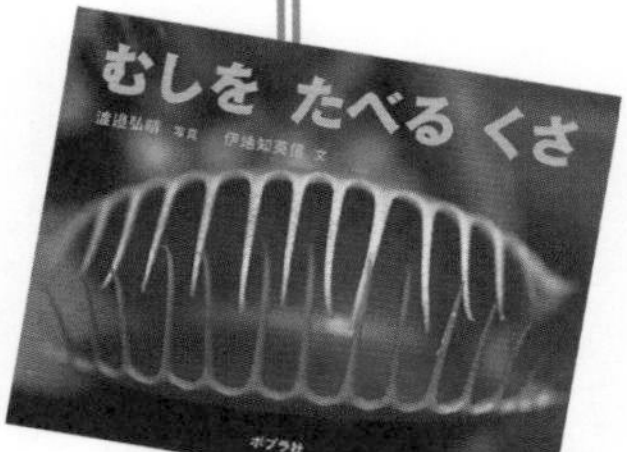

原《げん》こう用紙《ようし》2まい

虫《むし》を食《た》べるすごい草《くさ》

一年《いちねん》二組《にくみ》 野村《のむら》 健太《けんた》

　ぼくは、「むしをたべるくさ」というだい名《めい》と、ひょう紙《し》のしゃしんを見《み》てびっくりしました。それで、この本《ほん》を読《よ》もうと思《おも》いました。

はじめ

読《よ》んだ理《り》ゆう

「それで、この本《ほん》を読《よ》もうと思《おも》いました。」という言《い》い方《かた》で、読《よ》んだ理《り》ゆうをせつ明《めい》している。

ひょう紙《し》の草《くさ》はハエトリグサです。はっぱのはじっこにとげがたくさんついています。とげは、細《ほそ》くてとんがっています。ハエトリグサは口《くち》のおばけみたいです。ぼくは、とげがささったらいたそうだなと思《おも》いました。ハエトリグサの形《かたち》はこわいけどおもしろいのですきです。

きみの気《き》もちを書《か》こう

ハエトリグサは、虫《むし》が入《はい》って

なか①　気《き》になったところ

ひょう紙《し》の「ハエトリグサ」が「どんな形《かたち》」をしているか、見《み》てわかったことを三《みっ》つの文《ぶん》でせつ明《めい》している。

まねしよう！

「○○は、〜みたいです。」という言《い》い方《かた》で、見《み》たものをせつ明《めい》している。ほかのにているものにたとえてせつ明《めい》をすると自分《じぶん》の思《おも》っていることがつたわりやすくなる。

なか①　自分《じぶん》の考《かんが》え

「〜と思《おも》いました。」の言《い》い方《かた》で、「ハエトリグサ」を見《み》たときに思《おも》ったことを書《か》いている。

きみの気《き》もちを書《か》こう

くるとはをとじます。はがとじると、虫《むし》はにげられません。そして、ハエトリグサはえいようだけすって、そのあと虫《むし》をすてます。ぼくは「こわい草《くさ》だなあ。」と思《おも》いました。

　ぼくは、虫《むし》を食《た》べる草《くさ》があるなんて、本《ほん》を読《よ》むまで知《し》らなかったので、この本《ほん》はとてもおもしろかったです。

なか❷

気《き》になったところ

本《ほん》を読《よ》んでわかった「ハエトリグサ」の虫《むし》のつかまえ方《かた》を、三《みっ》つの文《ぶん》でせつ明《めい》している。「**そして**」「**そのあと**」などのことばをつかって、じゅんじょよくまとめている。

なか❷

自分《じぶん》の考《かんが》え

本《ほん》を読《よ》んでわかったことを、自分《じぶん》がどう思《おも》ったか、「。」をつかって書《か》いている。

おわり

強《つよ》く思《おも》ったこと

「**〜ので、この本《ほん》は……です。**」の言《い》い方《かた》をすると、理《り》ゆうといっしょに本《ほん》について思《おも》ったことを書《か》ける。

おぼえていろよ　おおきな木《き》

いつでもそこにあるもののありがたみを
なくしてはじめて
気《き》づくことがあります

佐野洋子 ● 作・絵
講談社　1992年
47ページ

大《おお》きな木《き》のわきにすんでいたおじさんは、木《き》をじゃまだと思《おも》って切《き》ってしまいます。でも、なくなってはじめて木《き》の大切《たいせつ》さに気《き》がつきます。切《き》りかぶのそばでなきながら後《こう》かいするおじさんを、きみはどう思《おも》いましたか？

やまおやじ　季節《きせつ》がめぐる 命《いのち》がめぐる

ぞうき林《ばやし》のぬし
「やまおやじ」が見《み》つめた一年間《いちねんかん》

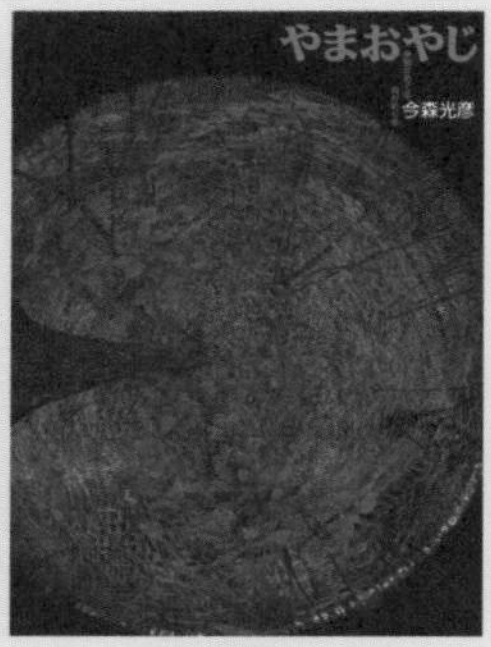

今森光彦 ● 文・写真
小学館　2006年
32ページ

「やまおやじ」とは、みきが太《ふと》くなった、ちょっとへんてこりんなクヌギたちのこと。そんな「やまおやじ」の林《はやし》にめぐるきせつといのちをしゃしんでしょうかい。ぞうき林《ばやし》での、一年間《いちねんかん》のようすを書《か》き出《だ》してみましょう。

どきどき・しぜん かがくのとも傑作集《けっさくしゅう》 トマトのひみつ

虫《むし》をよせつけない
トマトのひみつの力《ちから》は何《なに》？

山口進 ● 文・写真
福音館書店　1998年
28ページ

トマトにはなぜ、虫《むし》がよってこないのでしょう？トマトの体《からだ》にはたくさんの毛《け》が生《は》えています。その毛《け》から出《で》るにおいに、ひみつがあるようです。きみは、トマトのそだち方《かた》のどんなところにおどろいたかな？

はなのすきなうし

牛《うし》のフェルジナンドの
心《こころ》いやされるしあわせなお話《はなし》

マンロー・リーフ ● 文
ロバート・ローソン ● 絵
光吉夏弥 ● 訳
岩波書店　1954年　70ページ

毎日《まいにち》、花《はな》のにおいをかぎながら、のんびりすごしていた牛《うし》のフェルジナンドは、ある日《ひ》とう牛《ぎゅう》のために町《まち》につれていかれます。きみには、フェルジナンドがとう牛場《ぎゅうじょう》であばれなかった理《り》ゆうがわかりますか？

奇跡《きせき》の一本松《いっぽんまつ》

大津波《おおつなみ》をのりこえて

地震《じしん》による大津波《おおつなみ》で町《まち》が流《なが》された中《なか》で
生《い》きのびた一本《いっぽん》のきぼうの松《まつ》の木《き》

なかだえり ● 絵・文
汐文社　2011年
32ページ

二〇一一年《ねん》三月《がつ》十一日《にち》、東北地方《とうほくちほう》は巨大《きょだい》な地震《じしん》と大津波《おおつなみ》におそわれました。そんな中《なか》で一本《いっぽん》の松《まつ》が、たおれることなく生《い》きのびました。人々《ひとびと》はこの木《き》を見《み》て、何《なに》を思《おも》ったでしょう。あなたは何《なに》をかんじましたか？

みずとはなんじゃ？

水《みず》とはいったいどんなものなんだろう
そのせいしつを学《まな》んでみよう！

かこさとし ● 作
鈴木まもる ● 絵
小峰書店　2018年
31ページ

わたしたちのみのまわりにある水《みず》は、どんなものでしょうか。形《かたち》をかえたり、生《い》きもののいのちのためにはたらいたりと、いろいろなせいしつがあります。きみは、水《みず》のどんなところをふしぎに思《おも》ったかな？

地球《ちきゅう》はえらい

わたしたちが今《いま》、
地球《ちきゅう》にできることは？

城雄二 ● 案　香原知志 ● 文
松岡達英 ● 絵
福音館書店　1996年
48ページ

四十六おく年前《ねんまえ》のたん生《じょう》から、げんざいまでの地《ち》球《きゅう》を、イラストでわかりやすくしょうかいしています。きみは、人間《にんげん》がこれからもずっと地球《ちきゅう》で生《い》きていくためには、どんなことに気《き》をつけていけばいいと思《おも》いますか？

うちゅうはきみのすぐそばに

ぼくたちは、どんなせかいでくらしているんだろう？
いろいろな高《たか》さから、せかいを見《み》てみよう

いわやけいすけ ● 文
みねおみつ ● 絵
福音館書店　2018年
36ページ

空《そら》の下《した》でくらしているぼくたち。その上《うえ》にはうちゅうがあります。地《じ》めんからうちゅうまでは、どんなけしきが広《ひろ》がっているのでしょう？　きみは、うちゅうのことをどのくらい知《し》っていますか？　知《し》っていたこと、知《し》らなかったことを書《か》き出《だ》してみましょう。

地球《ちきゅう》 ―その中《なか》をさぐろう―

地《じ》めんの下《した》にはふしぎがいっぱい
地球《ちきゅう》の中《なか》を見《み》てみよう

加古里子 ● 文・絵
福音館書店　1975年
56ページ

地《じ》めんの下《した》には、しょくぶつのねが生《は》えていたり、生《い》きものがいたり、地下《ちか》てつが通《とお》っていたりします。この本《ほん》は、地球《ちきゅう》の中《なか》がどうなっているかを教《おし》えてくれます。地球《ちきゅう》についてふしぎに思《おも》ったのはどんなことでしょう？

月《つき》へ アポロ11号《ごう》のはるかなる旅《たび》

三人《さんにん》の宇宙飛行士《うちゅうひこうし》の一週間《いっしゅうかん》の旅《たび》
月《つき》はどんな星《ほし》だったかな？

ブライアン・フロッカ ● 作・絵
日暮雅通 ● 訳
偕成社　2012年
40ページ

アポロ11号《ごう》は、三人《さんにん》の宇《う》宙飛行士《ちゅうひこうし》をのせて、はじめて月《つき》におり立《た》った宇宙《うちゅう》船《せん》です。宇宙船《うちゅうせん》が月《つき》にちゃくりくするまで、気《き》になったのはどんなところですか？　月《つき》から見《み》た地球《ちきゅう》はどんなようすだったのでしょうか？

しゃぼんだま

みんなで実験《じっけん》 楽《たの》しく科学《かがく》あそび4

もっと上手《じょうず》にしゃぼんだまが作《つく》れるようになる！
しゃぼんだまの作《つく》り方《かた》やふしぎにせまる本《ほん》

牧衷 ● 構成
関戸勇 ● 文・写真
偕成社　2006年
24ページ

しゃぼんだま用《よう》のストローや液《えき》の作《つく》り方《かた》、花《はな》やはりがねのしゃぼんだまの作《つく》り方《かた》のほか、じっけんのようすなどがしょうかいされています。しゃぼんだまについてべん強《きょう》

になったことを書《か》き出《だ》し、本《ほん》の中《なか》にしょうかいされているいがいにも、しゃぼんだまについてきみがふしぎに思《おも》っていることがあれば、まとめてみましょう。

わいわい・あそび

かみであそぼう きる・おる

かがくのとも傑作集《けっさくしゅう》

紙《かみ》を切《き》って、おるだけで
楽《たの》しいあそび道具《どうぐ》が作《つく》れる本《ほん》

こすぎけいこ ● 作
福音館書店　1992年
28ページ

紙《かみ》を切《き》ったり、おったりするだけで、いろんなあそびができます。どうぶつ、ぼうし、おめんなど、楽《たの》しいあそび道具《どうぐ》の作《つく》り方《かた》がしょうかいされています。みんなでどんなあそびをしてみたいと思《おも》ったかな？

ちょこっとできる びっくりあそび③

重《おも》さのふしぎあそび

「重《おも》さ」ってなんだろう？
あそびながら学《まな》んでみよう

立花愛子、佐々木伸 ● 著
偕成社　2015年
32ページ

ころがる力《ちから》やふりこの力《ちから》など、重《おも》さの力《ちから》をつかった手《て》づくりおもちゃをしょうかいしています。おうちにあるもので作《つく》れるので、重《おも》さのことを考《かんが》えながらあそんでみよう。きみは、どのあそびをやってみたいかな？

読《よ》みたいテーマ

生《い》きもの

いろいろなどうぶつのものがたりの本《ほん》や、こん虫《ちゅう》や水《みず》の中《なか》の生《い》きものなどのことがよくわかる本《ほん》をしょうかいします。

『くまの子《こ》ウーフ』

ウーフは、くいしんぼうであまえんぼう
まるで、そこにいる「だれかさん」みたい!?

神沢利子 ● 作
井上洋介 ● 絵
ポプラ社　2001年
135ページ

ひとくちメモ

「ウーフ」のお話《はなし》は、国《こく》語《ご》の教《きょう》科《か》書《しょ》にものっていました。きみのおうちの人《ひと》も、子《こ》どものころに「ウーフ」のお話《はなし》を読《よ》んだことがあるかもしれませんよ。

こんなお話《はなし》だよ！

ウーフは、あそぶこと、食《た》べること、考《かんが》えることが大《だい》すきなくまの子《こ》ども。ある日《ひ》、ウーフは考《かんが》えます。「めんどりは、たまごをたくさんうむからたまごでできているんだ」「じゃあ、ぼくは何《なに》でできているの?・」きつねのツネタくんは、「ウーフはおしっこをするからおしっこでできている」なんていじわるなことを言《い》うけれど……。ウーフはどんな答《こた》えを出《だ》したのでしょう。ウーフの「どうして?・」がいっぱいつまった九《ここの》つの楽《たの》しいお話《はなし》に思《おも》わずわらってしまいますよ。きみは、ウーフの「どうして?・」に答《こた》えられるかな?

この本《ほん》を読《よ》むためのヒント

ウーフが考《かんが》えることは、おもしろいことばかりですよ！

チェック！ つぎのページに、この本《ほん》の読書《どくしょ》かんそう文《ぶん》のれいがあるよ！

こまったときは ここを見《み》よう！

1 ウーフはどんな子《こ》かな？

2 いちばんおもしろかったのは、どのお話《はなし》かな？

3 きみは、ウーフのことをすきになったかな？ きらいになったかな？

4 ウーフには、きみとにているところはあったかな？

原《げん》こう用紙《ようし》 2まい

ウーフはへんてこりん

二《に》年《ねん》二《に》組《くみ》　森《もり》　みゆき

　わたしは、お母《かあ》さんが「みゆき、ウーフの本《ほん》はおもしろいんだよ。お母《かあ》さんも子《こ》どものときに読《よ》んだよ。」と教《おし》えてくれたから、読《よ》みたくなりました。

はじめ

読《よ》んだ理《り》ゆう

『**わたしは、○○が「～。」と教《おし》えてくれたから、読《よ》みたくなりました。**』という言《い》い方《かた》をつかってこの本《ほん》を教《おし》えてもらったときのことを、くわしく書《か》いている。

◎ **まねしよう！**

「　。」をつかうと、どんなことを言《い》ったかがわかる文《ぶん》が書《か》ける。

読書《どくしょ》かんそう文《ぶん》
れい

『くまの子《こ》ウーフ』

きみの気《き》もちを書《か》こう

　おもしろかったところは、ウーフが、「あのね、たまごの中《なか》から、ビー玉《だま》やらマッチなんか、でてこないねってこと。」と言《い》ったところです。わたしは、ウーフはへんてこりんなことを考《かんが》えるなあと思《おも》いました。もしたまごからビー玉《だま》が出《で》てきたら、すごくびっくりすると思《おも》います。

　ほかに、「それなら、めんど

なか❶ 気《き》になったところ

おもしろかったことばを、**『○○が「〜。」と言《い》ったところです。』**という言《い》い方《かた》をつかってせつ明《めい》している。

なか❶ 自分《じぶん》の考《かんが》え

おもしろかったことばを読《よ》んだときに思《おも》ったことを書《か》いている。

◎まねしよう！

「**もし〜たら、…と思《おも》います。**」という言《い》い方《かた》をつかうと、お話《はなし》の中《なか》のことが本当《ほんとう》になったらどうなると思《おも》うか、という文《ぶん》が書《か》ける。

きみの気《き》もちを書《か》こう

りは、たまごでできてるんだ。」と言《い》うところもおもしろいです。

ウーフが言《い》ったとき、どうしてめんどりは、ちがうって言《い》わなかったのかなあと思《おも》いました。

ウーフは、わたしよりちょっと子《こ》どもっぽいなあと思《おも》いました。へんなことをたくさん言《い》うからです。でも、おもしろいせいかくだなあと思《おも》いました。

なか❷
気《き》になったところ
おもしろかったことばをもう一《ひと》つ書《か》いている。

◎まねしよう！
前《まえ》に書《か》いたところのほかにも、おもしろいところやすきなところがあるときにつかえる言《い》い方《かた》。

なか❷
自分《じぶん》の考《かんが》え
おもしろかったことばを読《よ》んだときに思《おも》ったことを書《か》いている。

おわり
自分《じぶん》とくらべる
「○○は、わたしより～と思《おも》いました。」と、しゅ人公《じんこう》と自分《じぶん》をくらべて考《かんが》えたことを書《か》いている。

『ペンギンのヒナ』

こおりにおおわれた南《なん》きょくでくらすペンギンは、どんなふうにヒナをそだてるのかな？

ベティ・テイサム ● 作
ヘレン・K・デイヴィー ● 絵
はんざわのりこ ● 訳
福音館書店 2008年
32ページ

こんなお話《はなし》だよ！

ペンギンがどうやってヒナをそだてるか知《し》っていますか？ たまごをうむのはお母《かあ》さんですが、あたためてたまごをかえすのは、お父《とう》さんなのです。

お父《とう》さんは、二《に》か月間《げつかん》何《なに》も食《た》べず、立《た》ちつづけてたまごをあたためます。きみは、ペンギンの子《こ》そだてのしかたをどう思《おも》いましたか？

チェック！ つぎのページに、この本《ほん》の読書《どくしょ》かんそう文《ぶん》のれいがあるよ！

こまったときは ここを見《み》よう！

1 この本《ほん》を読《よ》んで、はじめて知《し》ったことはどんなことかな？

2 この本《ほん》を読《よ》んで、びっくりしたことは何《なに》かな？

3 ペンギンはどんなふうにたまごをあたためていたかな？

4 ヒナはどうやってごはんを食《た》べていたかな？

読書《どくしょ》かんそう文《れい》
れい

『ペンギンのヒナ』

原《げん》こう用紙《ようし》 2 まい

ペンギンがんばれ

二《に》年《ねん》二《に》組《くみ》　石川《いしかわ》　裕《ゆう》

　この本《ほん》には、南《なん》きょくにいるペンギンの絵《え》がたくさんかいてあります。その絵《え》がとてもかわいかったので、ぼくはこの本《ほん》を読《よ》んでみたいと思《おも》いました。

はじめ

本《ほん》のせつ明《めい》 ＋ **読《よ》んだ理《り》ゆう**

本《ほん》にどんな絵《え》がのっているかと、本《ほん》を読《よ》んだ理《り》ゆうを、「**〜ので、読《よ》んでみたいと思《おも》いました。**」の言《い》い方《かた》でせつ明《めい》している。

なか❶

気《き》になったところ

おどろいたことを、本《ほん》に書《か》いてある文《ぶん》をそのままつかいながらせつ明《めい》している。

きみの気《き》もちを書《か》こう

　ぼくが、本《ほん》を読《よ》んでいちばんびっくりしたことは、おとうさんが二《に》か月《げつ》も何《なに》も食《た》べないで、たまごをあたためることです。「からだにたくわえたしぼうが、おとうさんのいのちをまもります。」と書《か》いてありました。ぼくは心《こころ》の中《なか》で、「おとうさん、がんばれ。」と言《い》いました。

　つぎにびっくりしたことは、

◎ **まねしよう！**

本《ほん》に書《か》いてある文《ぶん》を、かんそう文《ぶん》にそのまま書《か》いてもいい。そのときは、「　。」をつかう。

なか❶

自分《じぶん》の考《かんが》え

「心《こころ》の中《なか》で、～と言《い》いました。」という言《い》い方《かた》で、読《よ》んだときの気《き》もちがわかるように書《か》いている。

なか❷

気《き》になったところ

おどろいたことを、文《ぶん》しょうの中《なか》に出《で》てくることばをつかいながらせつ明《めい》している。

きみの気《き》もちを書《か》こう

おなかの下《した》に、ほうらんのうというたまごやヒナをあたためるばしょがあることです。きっと、あたたかくて気《き》もちがいいんだろうなあと思《おも》いました。

ぼくは、ペンギンがいっしょうけんめいヒナをそだてているところが心《こころ》にのこりました。どうぶつや鳥《とり》がすきな友《とも》だちに、この本《ほん》を教《おし》えてあげたいです。

なか❷

自分《じぶん》の考《かんが》え

「きっと、〜だろうなあと思《おも》いました。」という言《い》い方《かた》で、読《よ》みながらそうぞうしたことを書《か》いている。

おわり

強《つよ》く思《おも》ったこと ＋ これからしたいこと

本《ほん》を読《よ》んで、どんなことが心《こころ》にのこっているかと、この本《ほん》をだれに読《よ》んでほしいかを書《か》いている。

◎ **まねしよう！**

「〜に、この本《ほん》を教《おし》えてあげたいです。」という言《い》い方《かた》をすると、どんな人《ひと》にこの本《ほん》をすすめたいかがわかる文《ぶん》が書《か》ける。

どきどき・しぜん

だれだか わかるかい？

むしのかお

かがくのとも傑作集《けっさくしゅう》

こん虫《ちゅう》の顔《かお》のアップをしゃしんで見《み》てみよう

今森光彦 ● 文・写真
福音館書店　1995年
28ページ

トノサマバッタやカブトムシ、カミキリムシなど、身近《みぢか》なしぜんで見《み》かけるこん虫《ちゅう》をしょうかいしている本《ほん》。こん虫《ちゅう》の顔《かお》をアップでうつしたしゃしんが出《で》ていて、まるで近《ちか》づいて見《み》ているようです。どの顔《かお》がどのこん虫《ちゅう》か当《あ》ててみると楽《たの》しい。きみは、どんなこん虫《ちゅう》にきょうみをもちましたか？

とべバッタ

おびえてくらしつづけるのはもうまっぴら！
バッタのゆう気《き》と力強《ちからづよ》さがつたわる

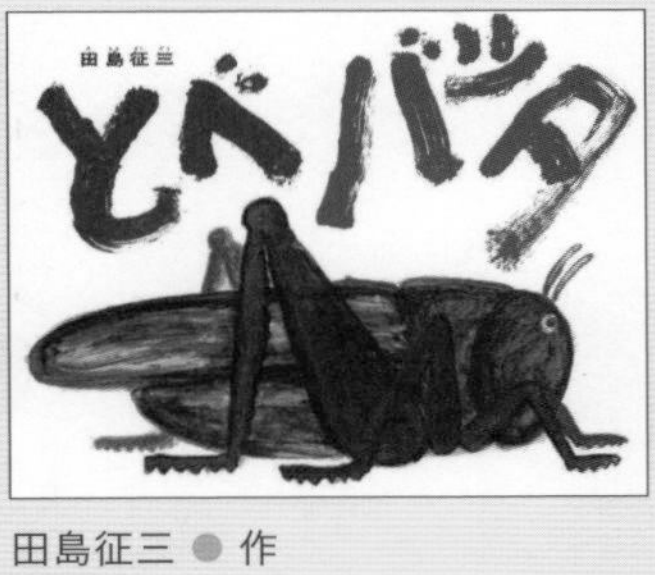

田島征三 ● 作
偕成社　1988年
36ページ

いつも、てきにおびえながらくらしていたバッタは、どうどうと生《い》きていこうとけついします。てきから思《おも》いきってにげたバッタは、どんなようすだったのかな？　大空《おおぞら》をとぶバッタの気《き》もちになってみましょう。

セミくん いよいよ こんやです

今夜《こんや》、一《いっ》せい一《いっ》だいの何《なに》かがおこる!?

工藤ノリコ ● 作・絵
教育画劇　2004年
28ページ

土《つち》の中《なか》でくらすセミくんのおうちの電話《でんわ》がなりました。そしてじゅわきをおいたあと、セミくんはたくさんのにもつをもち、家《いえ》にあいさつをして出《で》ていきました。一体《いったい》何《なに》がおきるのでしょうか？

もぐらはすごい

土《つち》の中《なか》でくらす、もぐらのせかいをのぞいてみよう！

アヤ井アキコ ● 作
川田伸一郎 ● 監修
アリス館　2018年
36ページ

はたけや公園《こうえん》、学校《がっこう》の中《なか》にわなどで、もりあがった土《つち》を見《み》かけたことはありますか？　じつは、もぐらのしわざなんです。もぐらの体《からだ》のしくみやえさのとり方《かた》など、もぐらの「すごい」ところをユニークな絵《え》と文《ぶん》でしょうかいしています。きみは、どんなところをすごいと思《おも》ったかな？

バレエをおどりたかった馬《うま》

バレエダンサーをめざして町《まち》へむかった馬《うま》のお話《はなし》

H・ストルテンベルグ ● 作
菱木晃子 ● 訳
さとうあや ● 絵
福音館書店　1999年　124ページ

はじめて見《み》たバレエのうつくしさにむ中《ちゅう》になってしまった馬《うま》は、バレエをならうために町《まち》へ出《で》ます。親切《しんせつ》な人《ひと》たちにたすけられながら、きびしいレッスンにもたえた馬《うま》。ゆかいなお話《はなし》に心《こころ》があたたまります。

サラダでげんき

こどものとも傑作集《けっさくしゅう》

お母《かあ》さん思《おも》いのりっちゃんに
どうぶつたちが
サラダ作《づく》りをアドバイス

角野栄子 ● 作
長新太 ● 絵
福音館書店　2005年
32ページ

りっちゃんは、びょうきのお母《かあ》さんに、サラダを作《つく》ってあげることに。すると、どうぶつたちがつぎつぎにやってきて、サラダ作《づく》りのアドバイスをしてくれます。きみだったら、どんなサラダを作《つく》ってあげますか？

こいぬがうまれるよ

生《う》まれたてのようすがわかる子犬《こいぬ》のせい長《ちょう》をおったしゃしん絵本《えほん》

ジョアンナ・コール ● 文
ジェローム・ウェクスラー ● 写真
つぼいいくみ ● 訳
福音館書店　1982年　40ページ

お母《かあ》さん犬《いぬ》が赤《あか》ちゃんを生《う》みました。生《う》まれたばかりの子犬《こいぬ》が、〝わたし〟とおさんぽできるようになるまでを、しゃしんでしょうかいしています。きみは、子犬《こいぬ》のせいちょうのどんなところにきょうみをもちましたか？

ももいろのきりん

きれいなもも色《いろ》をとりもどせ！　もも色のきりんのキリカと、るるこのぼうけん

中川李枝子 ● 作
中川宗弥 ● 絵
福音館書店　1965年
88ページ

るるこは、もも色《いろ》の紙《かみ》で作《つく》ったきりんに「キリカ」と名《な》づけました。ある日《ひ》、キリカが雨《あめ》にぬれてしまい、もも色《いろ》がはげてしまいます。もも色《いろ》をぬり直《なお》すために、二人《ふたり》は何《なに》をしたでしょう？

どうぶつのあしがたずかん

実物大《じつぶつだい》のどうぶつの足《あし》がたをのせたおもしろずかん

加藤由子 ● 文
ヒサクニヒコ ● 絵
中川志郎 ● 監修
岩崎書店　1989年　48ページ

ゾウやキリン、ライオンなどの実物大《じつぶつだい》の足《あし》がたと、それぞれのどうぶつのとくちょうがわかります。きみがいちばんきょうみをもったのは、どのどうぶつの足《あし》がたかな？　自分《じぶん》の手《て》や足《あし》の形《かたち》とくらべて、そのちがいを書《か》き出《だ》してみましょう。

どろんここぶた

どろんこさがしのたびに出《で》たこぶたのお話《はなし》

アーノルド・ローベル ● 作
岸田衿子 ● 訳
文化出版局　1987年
64ページ

おひゃくしょうのおじさんとおばさんのこぶたは、どろんこが大《だい》すきです。ところがおばさんが、ぶたごやを大《おお》そうじ。おこったこぶたは、どろんこさがしに出《で》かけます。こぶたはどんな気《き》もちで、たびに出《で》たのかな？

きょうりゅうオーディション

きょうりゅうたちがとくぎをひろうする
げきだんオーディションのまくあけ！

たしろちさと ● 作
小学館　2017年
32ページ

「げきだんベナートル」のきょうりゅうオーディションには、さまざまなきょうりゅうがあつまりました。はないきで音《おと》を鳴《な》らすきょうりゅうや、歌《うた》がとくいなきょうりゅうなどです。新《あたら》しいげきだんいんにえらばれるのは…？　きみは、どのきょうりゅうが気《き》になりましたか？

とりになった　きょうりゅうのはなし　改訂版《かいていばん》

鳥《とり》はもともと
きょうりゅうだった!?
れきしをたどってみよう

大島英太郎 ● 作
福音館書店　2019年
32ページ

六五〇〇万年前《まんねんまえ》にほろびたといわれるきょうりゅうは、鳥《とり》となって今《いま》でもわたしたちの近《ちか》くにいます。きょうりゅうはどうやって鳥《とり》になっていったのでしょう。きみは鳥《とり》がきょうりゅうだったことを知《し》って、どう思《おも》いましたか？

ティラノサウルス

きょうりゅうティラノサウルスの
生活《せいかつ》をのぞいてみよう

工藤晃司 ● 文・絵
大日本図書　2002年
40ページ

きょうりゅうティラノサウルスの生活《せいかつ》を、わかりやすくかいせつした絵《え》本《ほん》。かりやなわばりあらそいなど、どんな毎日《まいにち》をおくっていたのでしょうか？　気《き》になったところをくわしく書《か》き出《だ》してみましょう。

あまがえるりょこうしゃ

トンボいけたんけん

あまがえるたちがあんないする、池《いけ》の中《なか》の生《い》きものたち

松岡たつひで ● 文・絵
福音館書店　2004年
32ページ

あまがえるたちは、ペットボトルの船《ふね》にのって、テントウムシ、ダンゴムシ、カタツムリを、トンボいけのツアーにあんないします。池《いけ》の中《なか》にすんでいる、たくさんの生《い》きものをかんさつするこのツアーは、楽《たの》しさとおどろきがいっぱいです。きみは、どんな生《い》きものに、きょうみをもちましたか？

あおいうみのイルカたち

イルカたちのくらし方《かた》がよくわかるしゃしん絵本《えほん》

越智隆治 ● 写真
越智充奈子 ● 文
ポプラ社　2002年
28ページ

イルカは「あそびの名人《めいじん》」。あそぶすがたや、子《こ》そだてをするようすがくわしく書《か》かれています。イルカのどんなところにおどろいたり、かん心《しん》したりしましたか？ また、自《じ》分《ぶん》とにていると思《おも》ったところはありましたか？

めだかのぼうけん

しゃしんを見《み》ながらめだかの一年《いちねん》を知《し》ろう

渡辺昌和 ● 写真
伊地知英信 ● 文
ポプラ社　2007年
35ページ

春《はる》になって田《た》んぼに水《みず》がふえると、めだかがやってきます。春《はる》のあたたかい水《みず》は、めだかを元気《げんき》にするのです。めだかは田《た》んぼでどんな生活《せいかつ》をしているのでしょう？ きみは、どんなところにきょうみをもちましたか？

読《よ》みたいテーマ

からだ

わたしたちの体《からだ》はどうなっているのかな？ 人間《にんげん》の体《からだ》のしくみやはたらきがわかる、楽《たの》しい本《ほん》をしょうかいします。

『かさぶたくん』

かゆくてかゆくて、すぐにはがしたくなるかさぶた その、かさぶたっていったい何《なん》だろう？

やぎゅうげんいちろう ● 作
福音館書店　2000年
28ページ

こんなお話《はなし》だよ！

ころんでけがをしたあと、いつの間《ま》にかできているかさぶた。かゆくてざらざら、すごくはがしたくなる、ナゾのかさぶたの正体《しょうたい》とは？ かさぶたの下《した》ではどんなことがおきているのでしょう？

こまったときは ここを見《み》よう！

1. 本《ほん》の中《なか》に出《で》てくる子《こ》どもたちと、「にているなあ。」と思《おも》ったところはあったかな？
2. 「かさぶたくん」を読《よ》んで、おもしろかったのはどんなところかな？
3. びっくりしたのはどんなことかな？
4. はじめて知《し》ったことはどんなことかな？

読書《どくしょ》かんそう文《れい》

れい

『かさぶたくん』

原《げん》こう用紙《ようし》**2**まい

かさぶたってすごい

一年二組《いちねんにくみ》　吉田《よしだ》　のぞみ

　わたしは「かさぶたくん」というだい名《めい》が気《き》に入《い》ったので、この本《ほん》を読《よ》みました。これは、かさぶたのことがわかるおもしろい本《ほん》でした。

はじめ

読《よ》んだ理《り》ゆう ＋ **本《ほん》のせつ明《めい》**

「**～ので、この本《ほん》を読《よ》みました。**」という言《い》い方《かた》で本《ほん》を読《よ》んだ理《り》ゆうをせつ明《めい》している。また、どんなことがわかる本《ほん》なのかを、みじかくまとめている。

きみの気《き》もちを書《か》こう

おもしろいと思《おも》ったのは、男《おとこ》の子《こ》が「かさぶたはむりにとったらだめなのよ。」と言《い》われているところです。どうしてかというと、わたしもお母《かあ》さんに同《おな》じことを言《い》われたことがあるからです。わたしとおんなじことをしてると思《おも》いました。

ほかに、かさぶたが「きずのふた」になっていることを知《し》り

なか❶　気《き》になったところ

おもしろいと思《おも》う場《ば》めんを、ぬき出《だ》してまとめている。本《ほん》に書《か》いてある文《ぶん》をそのまま書《か》くときは、「。」をつかう。

◎まねしよう！

「どうしてかというと、〜からです。」の言《い》い方《かた》にすると、理《り》ゆうがはっきりわかる文《ぶん》になる。

なか❶　自分《じぶん》の考《かんが》え

おもしろいと思《おも》う理《り》ゆうを自分《じぶん》のこととくらべて書《か》いている。

なか❷　気《き》になったところ

「**〜そうです。**」の言《い》い方《かた》で、はじめて知《し》ったことをせつ明《めい》している。

きみの気《き》もちを書《か》こう

ました。ばいきんが入《はい》るのをふせいでくれるそうです。わたしは、「かさぶたってすごいな。わたしの体《からだ》をまもってくれているんだな。」と思《おも》いました。

　わたしは、かさぶたのことがわかってうれしかったです。今《いま》まではかさぶたをすぐはがしていたけれど、これからはがまんしようと思《おも》いました。

なか❷

自分《じぶん》の考《かんが》え

はじめて知《し》ったことについて、思《おも》ったことを「　。」をつかって書《か》いている。

おわり

強《つよ》く思《おも》ったこと＋これからしたいこと

わかったことにたいする気《き》もちと、自分《じぶん》がこれからどうしようと思《おも》っているかを書《か》いている。

◎まねしよう！

「今《いま》までは〜けれど、これからは……と思《おも》いました。」の言《い》い方《かた》をすると、本《ほん》を読《よ》む前《まえ》と読《よ》んだ後《あと》で自分《じぶん》の考《かんが》えがかわったことがわかる文《ぶん》が書《か》ける。

わくわく・にんげん
かがくのとも傑作集《けっさくしゅう》

おへそのひみつ

おへそはどうしてついているのかな？
おへそのやくわりを教《おし》えてくれる本《ほん》

やぎゅうげんいちろう ● 作
福音館書店　2000年
28ページ

「かみなりさまっておへそをとるの？」「おへそのごまはいじっちゃいけないの？」など、おへそにまつわるふしぎはたくさんあります。この本《ほん》は、

そんなぎもんに答《こた》えてくれ、おへそのやくわりや大切《たいせつ》さも教《おし》えてくれます。おへそが何《なん》のためについているのか、知《し》ったことをまとめてみましょう。

わくわく・にんげん
かがくのとも傑作集《けっさくしゅう》

ちのはなし

〝ち〟ってどうして出《で》るんだろう？
〝ち〟のふしぎを学《まな》んでみよう

堀内誠一 ● 文・絵
福音館書店　1978年
24ページ

けがをすると、〝ち〟が出《で》ます。では、〝ち〟は、体《からだ》の中《なか》をどうやってめぐっているのでしょう？この本《ほん》は、そんな〝ち〟のふしぎを、わかりやすく教《おし》えてくれます。体《からだ》のしくみの、どんなところにおどろいたかな？

わくわく・にんげん
かがくのとも傑作集《けっさくしゅう》

わたしのあかちゃん

生《う》まれたばかりの赤《あか》ちゃんのようすといのちの大切《たいせつ》さがわかる

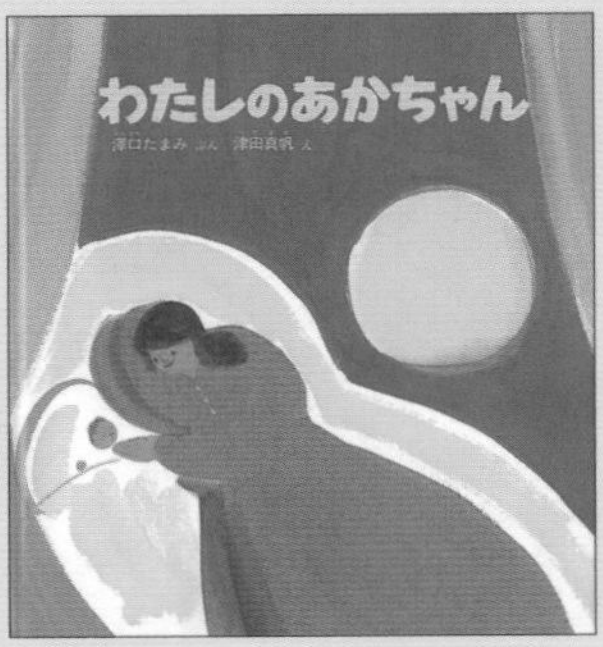

澤口たまみ ● 文
津田真帆 ● 絵
福音館書店　2006年
28ページ

生《う》まれたばかりの赤《あか》ちゃんが、お母《かあ》さんの目《め》を通《とお》してえがかれている、いのちの大切《たいせつ》さがつたわってくる本《ほん》です。赤《あか》ちゃんのしぐさや行《こう》どうで、きみがふしぎに思《おも》ったところや、おどろいたところはどこですか？

わくわく・にんげん

ゲーとピー

たぬきせんせいのびょうきのほん　かがくのとも傑作集《けっさくしゅう》

たぬき先生《せんせい》が教《おし》えてくれる
びょうきのお話《はなし》

毛利子来 ● 文
なかのひろたか ● 絵
福音館書店　1998年
28ページ

どうして、口《くち》からゲーっとはいたり、おなかがげりピーになったりするのかな？　たぬき先生《せんせい》が、ゲーやピーについてお話《はなし》してくれます。きみはゲーやピーになったことがあるかな？　自分《じぶん》のたいけんを書《か》いてみましょう。

こころとしんぞう

どうしてしんぞうはドキドキするんだろう？
体《からだ》のふしぎをのぞいてみよう！

中川ひろたか ● 文
村上康成 ● 絵
保育社　2014年
26ページ

うんどうかいの前《まえ》のドキドキ、思《おも》いきり走《はし》ったあとのドキドキ、すきな子《こ》に会《あ》ったときのドキドキ、このドキドキってなんだろう？　体《からだ》のふしぎをのぞいてみよう！　きみは、どんなときにドキドキしますか？

たべもののたび

お米《こめ》、くだもの、牛《ぎゅう》にゅうがたび人《びと》に！
わたしたちの
体《からだ》の中《なか》のしくみを教《おし》えて！

かこさとし ● 作
童心社　1976年
32ページ

わたしたちが口《くち》から食《た》べているごはんやおかしは、体《からだ》の中《なか》のどこを通《とお》って、どうなるのかな？　体《からだ》の中《なか》の場《ば》しょを、わかりやすく教《おし》えてくれます。きみが今日《きょう》食《た》べたごはんは、今《いま》ごろどこをたびしているのでしょうか？

きらきら は・は・歯《は》

歯《は》のなやみがいっぱいのヨシオの家《か》ぞく
きれいな歯《は》だと
どんないいことがあるんだろう？

室井滋 ● 文
長谷川義史 ● 絵
世界文化社　2014年
32ページ

ヨシオの家《か》ぞくには歯《は》のなやみがありました。そのせいで、いやなことばかりおこります。となりの家《か》ぞくは、みんな歯《は》がきれい。こっそりのぞきに行《い》くけれど…。きみは、歯《は》をきれいにするために、何《なに》をしていますか？

読《よ》みたいテーマ

「自分《じぶん》」を見《み》つめる

お話《はなし》の中《なか》の人《ひと》やどうぶつたちを通《とお》して、自分《じぶん》について考《かんが》えたり、くらべたりしながら読《よ》むことができる本《ほん》をしょうかいしています。

『フレデリック』

「さむくてくらいふゆのひのために、ぼくはおひさまのひかりをあつめてるんだ。」

レオ・レオニ ● 作
谷川俊太郎 ● 訳
好学社　1969年
32ページ

こんなお話《はなし》だよ！

のねずみの家《いえ》では、みんな冬《ふゆ》のじゅんびに大《おお》いそがし。でも、フレデリックだけは、はたらかないでじっとしています。「こうみえたって、はたらいてるよ。」と言《い》うフレデリック。いったい、かれは何《なに》をしているのでしょう？

こまったときは　ここを見《み》よう！

1. フレデリックは、どんなねずみかな？
2. フレデリックは、どうしてみんなといっしょにはたらかないのかな？
3. フレデリックは、冬《ふゆ》の間《あいだ》、みんなにどんなことをしてあげたかな？
4. きみは、フレデリックのことを、すきになったかな？ きらいになったかな？

原《げん》こう用紙《ようし》**2**まい

読書《どくしょ》
かんそう文《れい》
れい

『フレデリック』

ほめられたフレデリック

一年一組《いちねんいちくみ》　小野高文《おのたかふみ》

　フレデリックは、この本《ほん》のしゅ人公《じんこう》の名前《なまえ》です。フレデリックはねずみで、ほかのねずみといっしょにくらしています。フレデリックだけ、ねむそうな顔《かお》

はじめ

本《ほん》のせつ明《めい》

この本《ほん》のしゅ人公《じんこう》のことを、くわしくせつ明《めい》している。

- 名前《なまえ》は？
- どんなふうにくらしているか？
- どんな顔《かお》か？

を書《か》いている。

きみの気《き》もちを書《か》こう

をしています。

　みんなが食《た》べものをあつめているとき、フレデリックは何《なに》もしません。ぼくは、いっしょにはたらかなくていいのかなと心《しん》ぱいしました。それと、おひさまのひかりはどうやってあつめるのかなと思《おも》いました。

　みんなが元気《げんき》がないとき、フレデリックがいろいろな話《はなし》をし

なか❶　気《き》になったところ

心《こころ》にのこった場《ば》めんを、「だれが」「何《なに》をした」とせつ明《めい》している。

◎まねしよう！

「〜と心《しん》ぱいしました。」と書《か》くと、「〜と思《おも》いました。」と書《か》くよりも、心《しん》ぱいしている気《き》もちがよくわかる文《ぶん》になる。

なか❶　自分《じぶん》の考《かんが》え

心《こころ》にのこった場《ば》めんを読《よ》んだときに思《おも》ったことを書《か》いている。

なか❷　気《き》になったところ

心《こころ》にのこった場《ば》めんについて、「だれが」「何《なに》をした」をせつ明《めい》している。

きみの気《き》もちを書《か》こう

てくれました。ぼくは、みんなが食《た》べものをあつめているとき、フレデリックはみんなに話《はな》してあげることを考《かんが》えていたんだとわかって、うれしくなりました。

　ぼくは、さいごにみんながフレデリックをほめてくれてよかったと思《おも》いました。自分《じぶん》がほめられたみたいに、とてもうれしかったです。

なか❷
自分《じぶん》の考《かんが》え
心《こころ》にのこった場《ば》めんを読《よ》んだときにわかったことと、わかったときの気《き》もちを書《か》いている。

おわり
強《つよ》く思《おも》ったこと
この本《ほん》をさいごまで読《よ》んで思《おも》ったことを書《か》いている。

◎まねしよう！
「～みたいに、うれしかったです。」という言《い》い方《かた》をつかうと、どんなふうにうれしかったかがよくわかる文《ぶん》が書《か》ける。

おこだでませんように

たなばたさまへのぼくのおねがいは、
「おこだでませんように」

くすのきしげのり ● 作
石井聖岳 ● 絵
小学館　2008年
32ページ

家《いえ》でも学校《がっこう》でも、いつもおこられてばかりのぼく。どうすればおこられないのか、ほめられるのか、考《かんが》えてもわかりません。そんなぼくは、たんざくにいちばんのおねがいを書《か》きました。ぼくのおねがいって何《なん》でしょう？　おねがいを見《み》た先生《せんせい》は、どんなようすだったでしょうか？

きいろいばけつ

黄色《きいろ》いばけつが教《おし》えてくれた
大切《たいせつ》なのは、
「もの」ではなく「思《おも》う心《こころ》」

もりやまみやこ ● 作
つちだよしはる ● 絵
あかね書房　1985年
77ページ

子《こ》ぎつねが見《み》つけた黄色《きいろ》いばけつは、だれのものかわかりません。「一週《いっしゅう》間《かん》もちぬしがあらわれなかったら、ぼくのもの」ときめて、その日《ひ》が来《く》るのをまちます。子《こ》ぎつねは、ばけつを手《て》に入《い》れられるのでしょうか？

けんかのきもち

友《とも》だちとけんかをした男《おとこ》の子《こ》の
心《こころ》の中《なか》がよくわかるお話《はなし》

柴田愛子 ● 文
伊藤秀男 ● 絵
ポプラ社　2001年
32ページ

たいとこうたは大《だい》のなかよし。でもある日《ひ》、二人《ふたり》はとっくみあいの大《おお》げんかをします。こうたがあやまっても、たいの気《き》もちはおさまりません。もし、きみが友《とも》だちとけんかをしたら、どんな気《き》もちになるでしょうか？

八郎《はちろう》

いのちをかけて村人《むらびと》たちをまもる
大《おお》きな大《おお》きな山男《やまおとこ》のお話《はなし》

斎藤隆介 ● 作
滝平二郎 ● 画
福音館書店　1967年
32ページ

むかし、秋田《あきた》の国《くに》に八郎《はちろう》という大《おお》きな山男《やまおとこ》がいました。八郎《はちろう》は、村人《むらびと》たちの田《た》んぼをしお水《みず》からまもるため、あれくるう海《うみ》へむかっていったのです。八郎《はちろう》が海《うみ》へむかっていくようすにもちゅう目《もく》してみましょう。

カラーモンスター

今日《きょう》のモンスターは、
きもちがぐちゃぐちゃに
こんがらかっているみたい

アナ・レナス ● 作
おおともたけし ● 訳
永岡書店　2020年
41ページ

きもちはなにいろ?

きみは自分《じぶん》が今《いま》どんなきもちかを、ちゃんとせつめいすることができますか? カラーモンスターは、自分《じぶん》でも何《なに》が何《なん》だかよくわかっていません。まずは、色《いろ》ごとにきもちを分《わ》けてせいりしてみましょう。心《こころ》がすっきりするお話《はなし》です。

ひみつのきもちぎんこう

人《ひと》にやさしくできないゆうた
黒《くろ》コインが百《ひゃく》こたまると、
いい心《こころ》が消《き》えちゃうの?

ふじもとみさと ● 作
田中六大 ● 絵
金の星社　2015年
88ページ

きもちつうちょうには、いじわるやふしんせつなことをすると黒《くろ》コインが、チャレンジや努力《どりょく》をするとぎん色《いろ》コインがたまります。きみのきもちつうちょうには、どんなコインがたまっていると思《おも》いますか?

きょうはなんてうんがいいんだろう

今日《きょう》はなんて
うんがいいんだろう! でも、
何《なに》かわすれているような気《き》が…

宮西達也 ● 作・絵
鈴木出版　1998年
28ページ

おおかみのウルは、森《もり》でひるね中《ちゅう》のたくさんのこぶたをはっ見《けん》。でも、一人《ひとり》では食《た》べきれないと思《おも》い、友《とも》だちの家《いえ》に行《い》ったら…。ウルは友《とも》だちに何《なに》を教《おし》えようとしたのでしょう? また、何《なに》をどうしてわすれちゃったのでしょう?

家《か》ぞく

家《か》ぞくの大切《たいせつ》さや、いろいろな家《か》ぞくのかたち、生《い》きることのすばらしさを知《し》ることができる本《ほん》をしょうかいします。

『ごきげんなすてご』

もう、お母《かあ》さんなんかしらない！

あたし、すてごになっちゃうんだから

いとうひろし ● 作・絵
徳間書店　1995年
112ページ

ひとくちメモ

この本《ほん》には、つづきのお話《はなし》があります。

「やっかいなおくりもの」

「にぎやかなおけいこ」

(徳間書店《とくましょてん》)　など

すてごになったあとの「あたし」のことが知《し》りたくなったら、ぜひ読《よ》んでみてください。新《あたら》しい友《とも》だちも、とう場《じょう》しますよ。

こんなお話《はなし》だよ！

お母《かあ》さんは弟《おとうと》ばかりかわいがって、「あたし」のことはほったらかしです。「あたし」から見《み》たら、弟《おとうと》はおさるみたいでぜんぜんかわいくないのに。だから「あたし」はある日《ひ》、〝すてご〟になることにしたのです！　家《いえ》を出《で》て、だんボールばこに入《はい》って、すてごのじゅんびはバッチリ。楽《たの》しい「すてごなかま」もできました。あとは、弟《おとうと》なんかいない、すてきな家《いえ》の人《ひと》にひろわれるのをまつだけです。「あたし」は、このあとどうなるのでしょう？　きみも弟《おとうと》や妹《いもうと》ができるとこんな気《き》もちになるのかも!?　心《こころ》あたたまるお話《はなし》です。

この本《ほん》を読《よ》むためのヒント

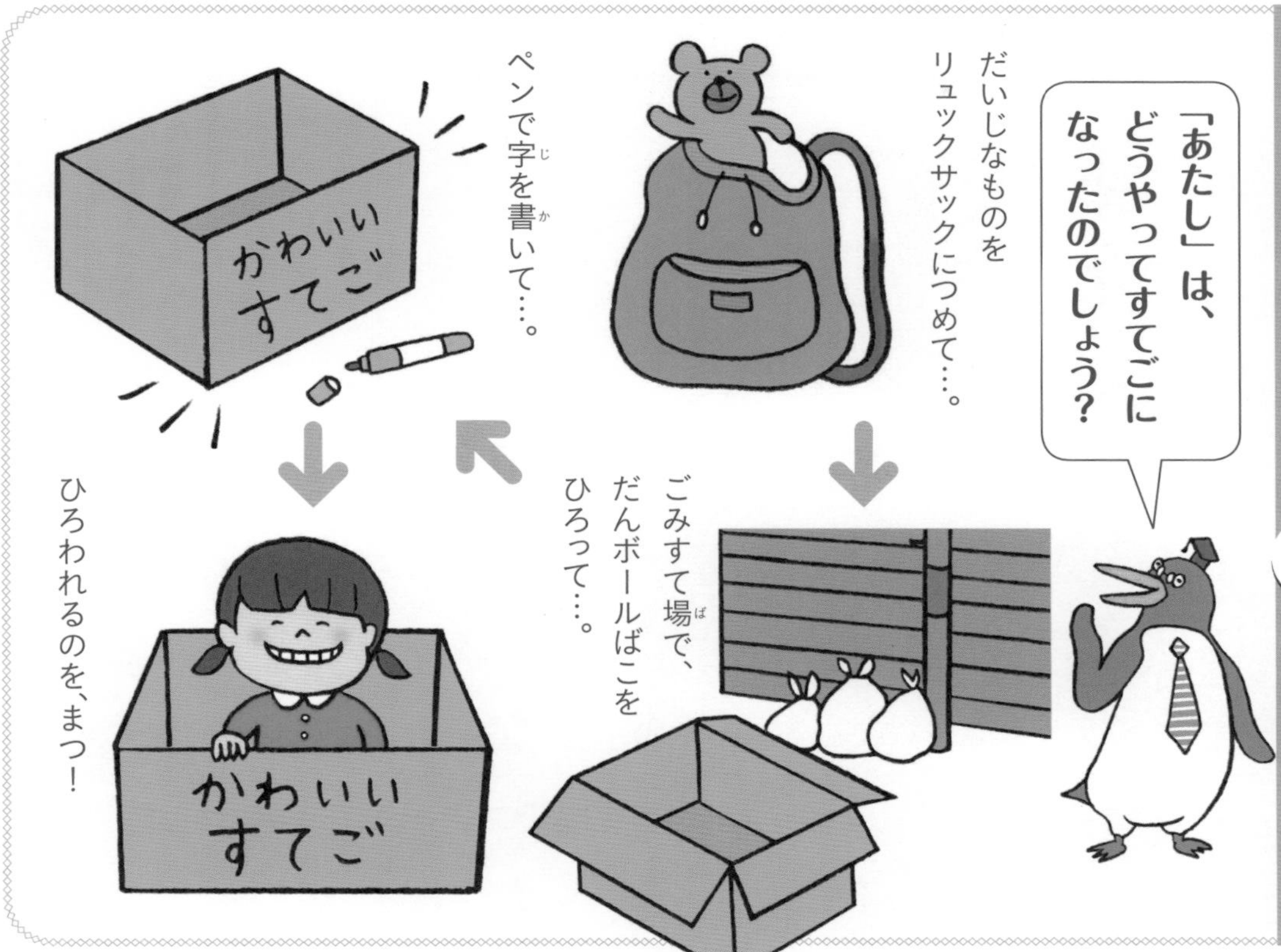

チェック！ つぎのページに、この本《ほん》の読書《どくしょ》かんそう文《ぶん》のれいがあるよ！

こまったときは ここを見《み》よう！

1. 「あたし」は、どうして「すてご」になろうと思《おも》ったのかな？

2. どうぶつがいなくなって、一人《ひとり》になった「あたし」は、どんな気《き》もちだったと思《おも》うかな？

3. お父《とう》さんたちがむかえに来《き》たとき、「あたし」はどんな気《き》もちだったと思《おも》うかな？

4. きみは、「すてご」になりたいと思《おも》ったかな？

読書《どくしょ》かんそう文《れい》 れい

『ごきげんなすてご』

原《げん》こう用《よう》紙《し》2まい

すてごになっちゃった

一年二組《いちねんにくみ》　坂本《さかもと》　あい

　この本《ほん》は、女《おんな》の子《こ》が自分《じぶん》ですてごになるお話《はなし》です。どうしてすてごになるのかというと、お母《かあ》さんが弟《おとうと》ばっかりかわいがるからです。

はじめ

本《ほん》のせつ明《めい》

この本《ほん》がどんなお話《はなし》かをせつ明《めい》している。

まねしよう！

「どうして～かというと、…だからです。」という言《い》い方《かた》をつかうと、理《り》ゆうをせつ明《めい》する文《ぶん》が書《か》ける。

なか❶

気《き》になったところ

心《こころ》にのこった場《ば》めんを、「だれが」「どうした」がわかるようにせつ明《めい》している。

きみの気《き》もちを書《か》こう

女《おんな》の子《こ》がすてごになると言《い》ったとき、お母《かあ》さんは、だめと言《い》いませんでした。わたしはびっくりしました。うちのお母《かあ》さんだったら、「何《なに》言《い》ってるの。」とおこると思《おも》います。

女《おんな》の子《こ》は、すてごになって、はじめはねこと犬《いぬ》とかめもいたけれど、さいごに一人《ひとり》になってさびしくなりました。でも、お

なか❶ 自分《じぶん》の考《かんが》え

心《こころ》にのこった場《ば》めんを、ほかの人《ひと》だったらどうすると思《おも》うか考《かんが》えて書《か》いている。

◎まねしよう！

「うちのお母《かあ》さんだったら」「わたしだったら」という言《い》い方《かた》をつかうと、お話《はなし》の中《なか》のことが、自分《じぶん》やほかの人《ひと》だったらどうすると思《おも》うか、という文《ぶん》が書《か》ける。

なか❷ 気《き》になったところ

心《こころ》にのこった場《ば》めんを、**「はじめは」**→**「さいごに」**↓**「でも」**ということばをつかって、じゅん番《ばん》どおりにせつ明《めい》している。

きみの気《き》もちを書《か》こう

父《とう》さんとお母《かあ》さんがむかえに来《き》てくれました。わたしは、女《おんな》の子《こ》がすてごをやめてよかったなと思《おも》いました。女《おんな》の子《こ》は、本当《ほんとう》は早《はや》く家《いえ》に帰《かえ》りたかったと思《おも》います。

すてごになったら、家《か》ぞくに会《あ》えなくて一人《ひとり》ぼっちだから、さびしいです。だからわたしはすてごになりたいと思《おも》いません。

なか❷
自分《じぶん》の考《かんが》え
心《こころ》にのこった場《ば》めんを読《よ》んだときの気《き》もちを、「思《おも》ったこと」と「しゅ人公《じんこう》の気《き》もちをそうぞうしたこと」の二《ふた》つに分《わ》けて書《か》いている。

おわり
強《つよ》く思《おも》ったこと
この本《ほん》をさいごまで読《よ》んでわかったことと、考《かんが》えたことを書《か》いている。

おじいちゃんがおばけになったわけ

親《した》しい人《ひと》をなくしてわかる大切《たいせつ》なこと
じいじのわすれものっていったいなんだろう？

キム・フォップス・F・オーカソン ● 文
エヴァ・エリクソン ● 絵
菱木晃子 ● 訳
あすなろ書房　2005年　32ページ

大《だい》すきなじいじがなくなって、ママは「天国《てんごく》に行《い》く」、パパは「土《つち》になる」と言《い》うけれど、それって本当《ほんとう》？　その夜《よる》、じいじはすがたをあらわします。

「わすれものがある人《ひと》はおばけになる」なんて言《い》うけれど、じいじ、わすれものなんてあるの？　何《なに》をわすれたの？　それは、何《なん》だったのでしょう。

せかいでひとつだけのケーキ

大《だい》すきなママのために、
ぼくはまた少《すこ》し
お兄《にい》ちゃんになるんだ！

あいはらひろゆき ● 作
あだちなみ ● 絵
教育画劇　2006年
64ページ

ゆうたは、ママのたん生《じょう》日《び》にケーキをあげようと、妹《いもうと》と二人《ふたり》ではじめてバスにのりました。とちゅう、妹《いもうと》のわがままにこまるゆうた…。でもママの大《だい》すきなケーキをプレゼントしたい！　ケーキはぶじ買《か》えるでしょうか？

ロバのシルベスターとまほうの小石《こいし》

まほうの小石《こいし》で岩《いわ》になった
シルベスター
おうちに帰《かえ》ることができるの？

ウィリアム・スタイグ ● 作
せたていじ ● 訳
評論社　2006年
35ページ

ロバのシルベスターは、ねがいごとをかなえてくれる小石《こいし》をひろいます。ところが、ライオンからにげるため、自分《じぶん》のすがたを岩《いわ》にかえてしまい…。シルベスターがいなくなって、家《か》ぞくはどんな気《き》もちでしょうか？

かあさんのいす

かあさんのため、おばあちゃんのために
ようやく買《か》ったいすは
家《か》ぞくのたからもの

ベラ B・ウィリアムズ ● 作・絵
佐野洋子 ● 訳
あかね書房　1984年
32ページ

ある日《ひ》、火《か》じですべてをうしなってしまった一《いっ》家《か》。そんな中《なか》でも女《おんな》の子《こ》は、「せかい一《いち》のいすを買《か》う」というゆめにむかって、コツコツお金《かね》をためています。いすを手《て》に入《い》れ、さらに女《おんな》の子《こ》が手《て》に入《い》れたものとは？

ぜったいたべないからね

にんじん、じゃがいも、トマトに魚《さかな》のフライ…
ローラにはきらいな食《た》べものが
たくさん！

ローレン・チャイルド ● 作
木坂涼 ● 訳
フレーベル館　2016年
32ページ

すききらいがはげしい、チャーリーの妹《いもうと》ローラ。とくに、トマトは大《だい》きらい！　チャーリーはなんとかして食《た》べさせようとしますが…。きみには、にがてな食《た》べものがあるかな？　それはどうしてですか？

モチモチの木《き》

弱虫《よわむし》の豆太《まめた》は
大《だい》すきなじっさまのために
ゆう気《き》を出《だ》した

斎藤隆介 ● 作
滝平二郎 ● 絵
岩崎書店　1971年
32ページ

夜《よる》に一人《ひとり》でトイレに行《い》けない弱虫《よわむし》の豆太《まめた》。けれどある夜《よ》、じっさまのために、いしゃをよびに村《むら》まで走《はし》ります。このときの豆太《まめた》を自分《じぶん》におきかえて、豆太《まめた》の気《き》もちをそうぞうしてみましょう。なぜ、豆太《まめた》はゆう気《き》を出《だ》せたのでしょうか？

とうさんはタツノオトシゴ

母《かあ》さんではなく
父《とう》さんが子《こ》そだてをする、
海《うみ》の中《なか》のふしぎな
生《い》きものたちのお話《はなし》

エリック・カール ● 作
さのようこ ● 訳
偕成社　2006年
25ページ

母《かあ》さんがタマゴを生《う》んで、父《とう》さんがめんどうをみる、タツノオトシゴやトゲウオ、ティラピアなどのお話《はなし》。タツノオトシゴが海《うみ》の中《なか》で出会《であ》う魚《さかな》の父《とう》さんたちは、それぞれどんなところでタマゴをそだてましたか？

おれはティラノサウルスだ

こわがりながらもやさしくかんびょうした
プテラノドンの子《こ》ども

宮西達也 ● 作・絵
ポプラ社　2004年
40ページ

まだじょうずにとぶことができないプテラノドンの子《こ》どもが、けがをしたティラノサウルスを見《み》つけました。「食《た》べられてしまう」とこわがりながらも、ほおっておくことができなくて、やさしくかんびょうをはじめると…。もし、きみがプテラノドンの立場《たちば》だったら、どうしますか？

パパのしごとは わるものです

ぼくのパパはわるもののプロレスラー
ずるいことをする
パパなんて、大《だい》きらい！

板橋雅弘 ● 作
吉田尚令 ● 絵
岩崎書店　2011年
32ページ

ぼくは、パパのしごとをしらべるために、こっそりついて行《い》った。ついたところは大《おお》きな体《たい》いくかん。なんと、パパはわるもののプロレスラーだった！　ショックをうけたぼくに、パパはどんなことを言《い》ったでしょう？

999ひきのきょうだいの おひっこし

999ひきのかえるの兄弟《きょうだい》の
引《ひ》っこしがはじまった！

木村研 ● 文
村上康成 ● 絵
ひさかたチャイルド　2004年
40ページ

小《ちい》さな池《いけ》で生《う》まれた999ひきのおたまじゃくし。やがてかえるになると、かぞくぜんいんで引《ひ》っこしをすることに。でも、池《いけ》の外《そと》はきけんがいっぱい。999ひきの兄弟《きょうだい》は、ぶじ引《ひ》っこしをおえることができるのでしょうか？

読《よ》みたいテーマ

友《とも》だち

「友《とも》だち」ってなんだろう？
友《とも》だちの大切《たいせつ》さを考《かんが》えることができる本《ほん》をしょうかいします。

『ふたりはともだち』

すてきな友《とも》だち、かえるくんとがまくん
二人《ふたり》のゆかいなものがたり

アーノルド・ローベル ● 作
三木卓 ● 訳
文化出版局　1987年
64ページ

ひとくちメモ

この本《ほん》の中《なか》の「おてがみ」というお話《はなし》は、国語《こくご》の教《きょう》科書《かしょ》にものりました。また、「かえるくんとがまくん」の本《ほん》はこのほかに三《さん》さつ出《で》ています。どの本《ほん》もとてもおもしろいですよ。

こんなお話《はなし》だよ！

かえるくんとがまくんは、とてもなかよし。春《はる》になり、かえるくんはねむっているがまくんをおこしにいきますが、がまくんはおきようとしません。かえるくんは、十一月《じゅういちがつ》で止《と》まったままのカレンダーを見《み》て、いいことを思《おも》いつきます。さて、かえるくんはどうやってがまくんをおこしたのでしょう？　ぜんぶで五《いつ》つのお話《はなし》がのっていて、読《よ》んでいると二人《ふたり》が「本当《ほんとう》の友《とも》だち」だとわかります。本《ほん》当《とう》の友《とも》だちって、何《なん》でしょう？　ふつうの友《とも》だちとちがうのでしょうか？　やさしい絵《え》で、心《こころ》があたたかくなる一《いっ》さつです。

この本《ほん》を読《よ》むためのヒント

お話《はなし》は、ぜんぶで五《いつ》つありますよ。

春《はる》が来《き》たのに、おきようとしないがまくん。かえるくんは、どうするのかな？

病《びょう》気《き》になったかえるくんのために、がまくんはお話《はなし》を考《かんが》えるよ。いいお話《はなし》が思《おも》いつくかな？

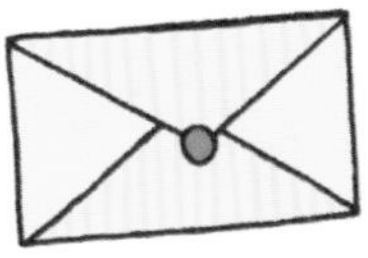

おてがみをもらったことがないがまくん。きょうはおてがみがとどくかな？

チェック！ つぎのページに、この本《ほん》の読書《どくしょ》かんそう文《ぶん》のれいがあるよ！

こまったときは ここを見《み》よう！

1 かえるくんとがまくんは、どんなかえるかな？

2 いちばんおもしろかったのは、どのお話《はなし》かな？

3 きみは、かえるくんやがまくんのような、なかよしの友《とも》だちがいるかな？

4 もし、きみがかえるくんとがまくんに会《あ》ったら、どんなことをしたいかな？

読書《どくしょ》かんそう文《れい》 れい

『ふたりはともだち』

原《げん》こう用《よう》紙《し》 2まい

ふたりはしんゆうだね

一《いち》年《ねん》三《さん》組《くみ》　黒《くろ》田《だ》　公《こう》一《いち》

　ぼくは、生《い》きものの中《なか》でかえるが大《だい》すきです。「ふたりはともだち」は、かえるが出《で》てくる本《ほん》だからえらびました。かえるの名前《なまえ》は、かえるくんとがまく

はじめ

読《よ》んだ理《り》ゆう＋本《ほん》のせつ明《めい》

はじめに、自分《じぶん》がすきなもののことを書《か》いて、それが本《ほん》をえらんだ理《り》ゆうだということをせつ明《めい》している。そして、しゅ人《じん》公《こう》のしょうかいを書《か》いている。

なか①

気《き》になったところ

いちばんすきなお話《はなし》を、一《ひと》つの文《ぶん》にみじかくまとめてせつ明《めい》している。

きみの気《き》もちを書《か》こう

んです。いつもなかよしです。

　ぼくがいちばんすきなお話《はなし》は、がまくんのうわぎのボタンをさがすお話《はなし》です。どうしてかというと、さいごに、がまくんがかえるくんに、ボタンがいっぱいついたうわぎをあげるところがすきだからです。かえるくんがうれしくてはねているところで、ぼくもうれしくなりました。

まねしよう！

「いちばんすきなお話《はなし》は、〜」「二番目《にばんめ》にすきなお話《はなし》は、〜」という言《い》い方《かた》をつかうと、心《こころ》にのこったお話《はなし》を、じゅん番《ばん》にわかりやすく書《か》くことができる。

まねしよう！

「どうしてかというと、〜からです。」という言《い》い方《かた》をつかうと、理《り》ゆうをせつ明《めい》する文《ぶん》が書《か》ける。

なか①

自分《じぶん》の考《かんが》え

そのお話《はなし》がすきな理《り》ゆうと、読《よ》んでいるときの気《き》もちを書《か》いている。

きみの気《き》もちを書《か》こう

　二番目《にばんめ》にすきなお話《はなし》は、お手《て》紙《がみ》をまつお話《はなし》です。どうしてかというと、かえるくんが、がまくんのためにお手《て》紙《がみ》を書《か》いてあげるところが、やさしいなと思《おも》ったからです。

　かえるくんとがまくんは、こまったときにたすけ合《あ》うところがいいと思《おも》います。ふたりはしんゆうだと思《おも》います。

なか❷
気《き》になったところ
二番目《にばんめ》にすきなお話《はなし》を、せつ明《めい》している。

なか❷
自分《じぶん》の考《かんが》え
そのお話《はなし》がすきな理《り》ゆうを書《か》いている。

おわり
強《つよ》く思《おも》ったこと
この本《ほん》をさいごまで読《よ》んで、しゅ人公《じんこう》のことをどう思《おも》ったかを書《か》いている。

◎まねしよう！
「〜するところがいいと思《おも》います。」「〜するところがよくないと思《おも》います。」という言《い》い方《かた》をつかうと、自分《じぶん》がどこを読《よ》んでどう考《かんが》えたかが、はっきりわかる文《ぶん》が書《か》ける。

きみなんか だいきらいさ

いつもなかよしだったジェームズとぼく だけど、今日《きょう》はちがうみたい

ジャニス・メイ・ユードリー ● 文
モーリス・センダック ● 絵
こだまともこ ● 訳
冨山房　1975年
32ページ

パーティをひらいたり、いっしょにみずぼうそうにかかったりするくらいなかよしだったジェームズとぼく。でも今日《きょう》はちがう。ジェームズなんか

だいきらい！　だから家《いえ》に行《い》って、そう言《い》ってやるんだ！　さて、けんかの原《げん》いんは、なんだったのでしょう。きみだったらどうするかな？

百《ひゃく》まいのドレス

ワンダをからかってかなしませてしまった そして、何《なに》もできないまま ワンダはいなくなった

エレナー・エスティス ● 作
ルイス・スロボドキン ● 絵
石井桃子 ● 訳
岩波書店　2006年　92ページ

ドレスを百《ひゃく》まいもっているという、まずしいワンダをみんなはからかいます。いじめがよくないと思《おも》いながらもいじめていたマデラインの気《き》もちや、いじめられていたワンダの気《き》もちを、きみはどんなふうに思《おも》いますか？

ともだちや

友《とも》だちってお金《かね》で買《か》えるの？　売《う》れるの？ きつねは「ともだちや」をはじめることにした

内田麟太郎 ● 作
降矢なな ● 絵
偕成社　1998年
32ページ

一時間百円《いちじかんひゃくえん》で友《とも》だちになってあげる　「ともだちや」のきつね。友《とも》だちって、売《う》れるのかな？　きみはどう思《おも》いますか？　そして、おおかみにお金《かね》をもらえなかったのに、うれしそうだったきつね。どうしてでしょう？

ぼくはアフリカにすむキリンといいます

アフリカのキリンとペリカンが地平線《ちへいせん》のむこうのあいてに手紙《てがみ》を書《か》いて…!?

岩佐めぐみ ● 作
高畠純 ● 絵
偕成社　2001年
102ページ

毎日《まいにち》たいくつしていたキリンは、ペリカンに地平《ちへい》線《せん》のむこうでさいしょに会《あ》ったどうぶつに手紙《てがみ》をとどけてもらうようにおねがいします。きみが会《あ》ったことのない人《ひと》に自《じ》分《ぶん》を手紙《てがみ》でしょうかいするとしたら、どんなふうにしますか？

しまのないトラ

なかまとちがっても　なんとかうまく　生《い》きていった　どうぶつたちの話《はなし》

まわりのみんなとちがっていても自分《じぶん》のよさに気《き》づけば楽《たの》しくくらせるんだ

斉藤洋 ● 作
廣川沙映子 ● 絵
偕成社　1999年
142ページ

ほかのなかまたちとは少《すこ》しちがうけれど、楽《たの》しくくらしているどうぶつたちのお話《はなし》。なかまとちがうことでつらい思《おも》いをしたどうぶつたちが、元気《げんき》に明《あか》るくくらしていけたのはどうしてでしょう？

ないしょのおともだち

マリーにできたともだちは家《いえ》のすみにすむネズミ！

ビバリー・ドノフリオ ● 文
バーバラ・マクリントック ● 絵
福本友美子 ● 訳
ほるぷ出版　2009年
32ページ

ゆうはんのかたづけ中《ちゅう》にフォークをおとしたマリーは、家《いえ》のすみにすむネズミとばったり顔《かお》を合《あ》わせます。マリーとネズミは友《とも》だちになりましたが、このかんけいはみんなにはないしょ。楽《たの》しくて心《こころ》あたたまるお話《はなし》です。

大《おお》きい1年生《ねんせい》と小《ちい》さな2年生《ねんせい》

お母《かあ》さんにあまえてばかりのまさやがあきよと出会《であ》い、少《すこ》しずつせい長《ちょう》していくお話《はなし》

古田足日 ● 作
中山正美 ● 絵
偕成社　1970年
166ページ

大《おお》きくて弱虫《よわむし》の一年生《いちねんせい》のまさやと、小《ちい》さくてもしっかり者《もの》の二年生《にねんせい》のあきよ。まさやは、あきよにえいきょうされ、せい長《ちょう》していきます。まさやはあきよのどこを見《み》て、自分《じぶん》もしっかりしたいと思《おも》うようになったのでしょう？

いやいやえん

**ちゅーりっぷほいくえんでの
小《ちい》さなぼうけんをえがいた
七《なな》つのお話《はなし》**

中川李枝子 ● 作
大村百合子 ● 絵
福音館書店　1962年
188ページ

しげるは、ちゅーりっぷほいくえんの、ばらぐみ。元気《げんき》なしげるは、先生《せんせい》や友《とも》だちをこまらせることもしょっちゅうです。そんなしげるをしゅ人公《じんこう》に、ちゅーりっぷほいくえんでおこる、楽《たの》しいできごとやじけんをえがいた七《なな》つのお話《はなし》。

ふくしまからきた子《こ》

**原発事故後《げんぱつじこご》にひっこしてきた子《こ》
サッカーにさそっても
やらない理《り》ゆうは？**

松本猛、松本春野 ● 作
松本春野 ● 絵
岩崎書店　2012年
32ページ

広島《ひろしま》にすむだいじゅの町《まち》に、福島《ふくしま》から女《おんな》の子《こ》がひっこしてきました。サッカーがとくいなのにさそってもやろうとしません。その理《り》ゆうは何《なん》なのでしょう？　友《とも》だちになりたくないのかな？　原発《げんぱつ》について考《かんが》える本《ほん》でもあります。

どんなかんじかなあ

**ちょっとだけ、見方《みかた》・考《かんが》え方《かた》をかえてごらん
今《いま》まで見《み》えなかったことが
きっと見《み》えてくるから**

中山千夏 ● 文
和田誠 ● 絵
自由国民社　2005年
32ページ

ひろくんの友《とも》だちのまりちゃんは、目《め》が見《み》えません。「見《み》えないってどういうことかな？」そう思《おも》ったひろくんは、目《め》をつぶってみました。すると…。ひろくんはどうして、まりちゃんがうらやましくなったのでしょうか？

あらしのよるに

**あるあらしの夜《よる》の小屋《こや》の中《なか》
ヤギの話《はな》しあいては、
じつはオオカミだったのです**

木村裕一 ● 作
あべ弘士 ● 絵
講談社　1994年
48ページ

あるあらしの夜《よる》に、雨《あま》やどりをしたヤギとオオカミ。おたがいあいてがだれなのか、くらくてわかりません。ヤギとオオカミは、この後《あと》どうなったと思《おも》うか、きみの考《かんが》えを書《か》いてみましょう。友《とも》だちになったのか、それとも…⁉

ありがとう…どういたしまして

いつも「ありがとう」とあいさつできるジミーが
とつぜん言《い》わなくなったわけとはいったい…？

ルイス・スロボドキン ● 作
わたなべしげお ● 訳
偕成社　1969年
32ページ

いつも「ありがとう」と言《い》えるジミーは、ある日《ひ》つまらなくなりました。自分《じぶん》も「どういたしまして」と言《い》ってみたくなったのです。きみは「ありがとう」と「どういたしまして」がちゃんと言《い》えるかな？　どうすればジミーのように気《き》もちよく言《い》えるのか、自分《じぶん》にあったできごとにおきかえて書《か》いてみましょう。

どろぼうがないた

小《ちい》さなめをそだてる
一人《ひとり》ぼっちのどろぼうのお話《はなし》

杉川としひろ ● 作
ふくだじゅんこ ● 絵
冨山房インターナショナル　2007年
32ページ

一人《ひとり》ぼっちのどろぼうは、いちどもないたことがありません。ところが、ぐうぜんぬすんだはちから、小《ちい》さなめが出《で》てきたことで、どろぼうの心《こころ》にやさしさがめばえます。どろぼうは、どうしてないたのでしょうか？

としょかんライオン

きそくさえまもれば、
ライオンもとしょかんに
入《はい》れちゃう…!?

ミシェル・ヌードセン ● 作
ケビン・ホークス ● 絵
福本友美子 ● 訳
岩崎書店　2007年
41ページ

としょかんにライオンがやってきました。きそくをまもっておてつだいをしていましたが、ある日《ひ》、きそくをやぶってしまいます。でもそれには理《り》ゆうがあって…。きみがライオンだったら、どうするでしょうか？

ころべばいいのに

イヤなことがあったときは
どうすればいいんだろう？

ヨシタケシンスケ ● 作
ブロンズ新社　2019年
32ページ

イヤなことを言《い》われたり、されたりして、イヤな気《き》もちで下校《げこう》する〝わたし〟。家《いえ》に帰《かえ》るまでの間《あいだ》、人《ひと》をきらいな気《き》もちや、イヤな気分《きぶん》について考《かんが》えます。きみは、イヤな気分《きぶん》になったとき、どうしていますか？

ジェインのもうふ

大《だい》すきなもうふは、小《ちい》さくてもうボロボロ
はなしたくはないけれど…

アーサー・ミラー ● 作
アル・パーカー ● 絵
厨川圭子 ● 訳
偕成社　1971年　70ページ

赤《あか》ちゃんのときからつかっているピンクのもうふ。ジェインは大《おお》きくなってもこれがないとおちつきません。ジェインがもうふを大切《たいせつ》にする気《き》もちをきみはどう思《おも》う？　きみが大切《たいせつ》にしているものも書《か》いてみましょう。

ずーっと ずっと だいすきだよ

〝ぼく〟と犬《いぬ》のエルフィーは
いつもなかよし

ハンス・ウィルヘルム ● 文・絵
久山太市 ● 訳
評論社　1988年
32ページ

小《ちい》さなころからいっしょにそだった、〝ぼく〟と犬《いぬ》のエルフィー。でも、〝ぼく〟が大《おお》きくなるにつれて、エルフィーも年《とし》をとり、やがてしんでしまいます。エルフィーが自分《じぶん》の犬《いぬ》だったら、どんな気《き》もちになるでしょう。

ねずみくんのきもち

ふくろうさんが教《おし》えてくれた
「いちばん大切《たいせつ》なもの」って…？

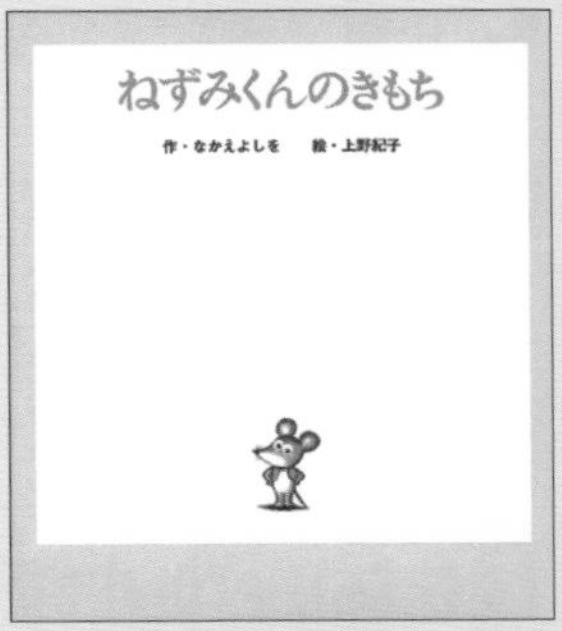

なかえよしを ● 作
上野紀子 ● 絵
ポプラ社　2007年
36ページ

小《ちい》さくて気《き》が弱《よわ》くて、しっぱいばかりのねずみくん。おちこんでいるところに、ふくろうさんがやってきて、大切《たいせつ》なことを教《おし》えてくれました。食《た》べるもの、きるものよりもっと大切《たいせつ》なものって何《なん》でしょう？

読《よ》みたいテーマ

学校《がっこう》・先生《せんせい》

ちょっとふしぎな学校《がっこう》や、おもしろい先生《せんせい》が出《で》てくる楽《たの》しい本《ほん》をしょうかいします。

『ペーテルとペトラ』

「わたしたち、この学校《がっこう》に入《い》れてもらえますか？」
ある日《ひ》、一年生《いちねんせい》の教室《きょうしつ》にやってきたのは――

アストリッド・リンドグレーン ● 文
クリスティーナ・ディーグマン ● 絵
大塚勇三 ● 訳
岩波書店　2007年
25ページ

こんなお話《はなし》だよ！

小学一年生《しょうがくいちねんせい》の教室《きょうしつ》に、小《ちい》さな小《ちい》さな二人《ふたり》の子《こ》どもがやってきました。二人《ふたり》のせは、人形《にんぎょう》くらいしかありません。「この学校《がっこう》に入《はい》りたい」と言《い》う二人《ふたり》に、先生《せんせい》はなんと言《い》うのでしょう。そして、クラスのみんなはどうするのでしょうか？

こまったときは ここを見《み》よう！

1. ペーテルとペトラは、どんな子《こ》どもだったかな？
2. ペーテルとペトラを見《み》たとき、クラスの子《こ》たちはどんな気《き》もちだったと思《おも》うかな？
3. もし、きみの教室《きょうしつ》にペーテルとペトラがやってきたら、どうするかな？
4. 二人《ふたり》からの手紙《てがみ》を読《よ》んでいるとき、グンナルはどんな気《き》もちだったと思《おも》うかな？

読書《どくしょ》かんそう文《れい》
れい

『ペーテルとペトラ』

原《げん》こう用紙《ようし》 **2** まい

友《とも》だちだからまた会《あ》える

一年《いちねん》一組《いちくみ》　中村《なかむら》安奈《あんな》

　ペーテルとペトラは、とても小《ちい》さい男《おとこ》の子《こ》と女《おんな》の子《こ》です。この本《ほん》は、ペーテルとペトラが小《しょう》学校《がっこう》の一年生《いちねんせい》のクラスに入《はい》るお話《はなし》です。

はじめ

本《ほん》のせつ明《めい》

「しゅ人公《じんこう》のしょうかい」と「どんなお話《はなし》か」をそれぞれ一《ひと》つの文《ぶん》にまとめて書《か》いている。

きみの気《き》もちを書《か》こう

　二人《ふたり》がはじめて教室《きょうしつ》に来《き》たとき、グンナルが「ぼくのところにすわってもいいですよ。」と言《い》いました。わたしは、グンナルはペーテルとペトラと友《とも》だちになりたいんだなと思《おも》いました。わたしも、グンナルみたいにすわらせてあげると思《おも》います。
　でも、せっかく友《とも》だちになったのに、ペーテルとペトラはひ

なか①　気《き》になったところ

心《こころ》にのこった場《ば》めんをせつ明《めい》している。言《い》ったことばを、「　。」をつかって書《か》くと、どんな場《ば》めんかが、はっきりわかる。

なか①　自分《じぶん》の考《かんが》え

心《こころ》にのこった場《ば》めんを読《よ》んだときに考《かんが》えた、「お話《はなし》の中《なか》の人《ひと》の気《き》もち」と、「自分《じぶん》ならどうするか」の二《ふた》つを書《か》いている。

◎まねしよう！

「わたしも、〇〇みたいに～すると思《おも》います。」という言《い》い方《かた》をつかうと、自分《じぶん》も同《おな》じようにするだろうな、と考《かんが》えたことが書《か》ける。

きみの気《き》もちを書《か》こう

っこしてしまいました。わたしは、二人《ふたり》がいなくなったから、グンナルはさびしかったと思《おも》います。グンナルは、二人《ふたり》に会《あ》いたいだろうなと思《おも》いました。

わたしは「ペーテルとペトラがグンナルに会《あ》いに来《き》てくれたらいいな。」と思《おも》いました。三人《さんにん》は友《とも》だちになったから、いつかまた会《あ》えると思《おも》います。

なか❷

気《き》になったところ

心《こころ》にのこった場《ば》めんをせつ明《めい》している。

なか❷

自分《じぶん》の考《かんが》え

心《こころ》にのこった場《ば》めんを読《よ》んだときに考《かんが》えた、お話《はなし》の中《なか》の人《ひと》の気《き》もちを書《か》いている。

◎まねしよう！

心《こころ》の中《なか》で思《おも》ったことを「。」をつかって話《はな》しているように書《か》くと、気《き》もちがくわしくわかる文《ぶん》が書《か》ける。

おわり

強《つよ》く思《おも》ったこと

この本《ほん》をさいごまで読《よ》んで思《おも》ったことを書《か》いている。

いつもちこくのおとこのこ
——ジョン・パトリック・ノーマン・マクヘネシー

いつもちこくしてしまう男《おとこ》の子《こ》
でも、それには理《り》ゆうがあって…

ジョン・バーニンガム ● 作
たにかわしゅんたろう ● 訳
あかね書房　1988年
32ページ

ジョン・パトリック・ノーマン・マクヘネシーは、ワニやライオンなど、いつもどうぶつたちにじゃまされて、ちこくしてしまいます。だけど、先生《せんせい》はしんじてくれなくて…。きみは、この本《ほん》のどんなところをおもしろいと思《おも》いましたか？

とくべつな　いちにち

はじめて行《い》く学校《がっこう》は
ドキドキすることばかり！

イヴォンヌ・ヤハテンベルフ ● 作
野坂悦子 ● 訳
講談社　2005年
20ページ

「このまま家《いえ》にかえっちゃおうかな…」と思《おも》うアルノは、今日《きょう》がはじめての学校《がっこう》です。アルノがどんなにドキドキしていたか、どんなところでみんなとなかよくなれたか、アルノの気《き》もちになって読《よ》んでみましょう。

がっこうかっぱのイケノオイ

学校《がっこう》の池《いけ》にすむかっぱは
〝学校《がっこう》の音《おと》〟が大《だい》すき！

山本悦子 ● 作
市居みか ● 絵
童心社　2010年
96ページ

学校《がっこう》の池《いけ》でかっぱをつかまえたぼく。池《いけ》のにおいがするから「イケノオイ」と名《な》づけました。コップに入《い》れて家《いえ》にもって帰《かえ》ったけれど、元気《げんき》がなくなってきちゃった！　イケノオイはまた元気《げんき》になってくれるでしょうか？

くまのこうちょうせんせい

大《おお》きな声《こえ》で元気《げんき》でいることが、何《なに》よりいちばん？
しかしあるとき、校長先生《こうちょうせんせい》は気《き》づきました

こんのひとみ ● 作
いもとようこ ● 絵
金の星社　2004年
32ページ

いつも元気《げんき》だったくまの校長先生《こうちょうせんせい》は、びょう気《き》がげんいんで大《おお》きな声《こえ》が出《で》なくなってしまいます。小《ちい》さな声《こえ》しか出《だ》せなくなった校長先生《こうちょうせんせい》は、どうしてひつじくんの気《き》もちがわかるようになったのでしょうか？

とびばこのひるやすみ

おばちゃんみたいなとびばこが
教《おし》えてくれたのは、とびばこが
とべるようになるじゅもん！

村上しいこ ● 作
長谷川義史 ● 絵
PHP研究所　2013年
80ページ

とびばこがにがてなぼく。昼休《ひるやす》みにれんしゅうしていたら、とつぜんとびばこに手《て》と足《あし》がはえて、おばちゃんみたいに話《はな》し出《だ》した！　とびばこは、学《がっ》校《こう》の外《そと》でやりたいことがあるらしいんだけど…。

森《もり》おばけ

森《もり》のおばけが
町《まち》の小学校《しょうがっこう》へ引《ひ》っこしてきた！

中川李枝子 ● 作
山脇百合子 ● 絵
福音館書店　1978年
184ページ

こもり山《やま》の森《もり》おばけ一家《いっか》が、さくらのきれいなこすぎ町《まち》の山王小学校《さんのうしょうがっこう》へ引《ひ》っこしてきました。一《いち》年一組《ねんいちくみ》の三角戸《さんかくと》だなにすみついた森《もり》おばけ一家《いっか》でしたが…。きみがもし、学校《がっこう》で森《もり》おばけに出会《であ》ったら、どうしますか？

ふしぎなともだち

ことばで話《はなし》はできないけれど、
心《こころ》でわかり合《あ》える大切《たいせつ》なともだち

たじまゆきひこ ● 作
くもん出版　2014年
40ページ

てん校先《こうさき》のぼくのクラスには、じへいしょうのやっくんがいました。ひとりごとを言《い》ったり、とつぜんさわぎ出《だ》したりするやっくんに、さいしょはこまったけれど…。きみなら、気《き》もちをどうつたえるかな？

読《よ》みたいテーマ

せかいの国々《くにぐに》

日本《にほん》のほかに、どんな国《くに》があるのでしょうか？外国《がいこく》のお話《はなし》や、くらしや文化《ぶんか》がわかる本《ほん》をしょうかいします。

『ふたり★おなじ星《ほし》のうえで』

遠《とお》くはなれた、インドと日本《にほん》にすむラマデビと春佳《はるか》二人《ふたり》は、どんな生活《せいかつ》をしているんだろう？

谷川俊太郎●文
谷本美加●写真
塚本やすし●絵
東京書籍　2007年
60ページ

ひとくちメモ

谷川俊太郎《たにかわしゅんたろう》さんは、一九三一年《ねん》に東京《とうきょう》に生《う》まれました。詩《し》や絵本《えほん》などをたくさんはっぴょうしています。外国《がいこく》がテーマの本《ほん》には、谷川《たにかわ》さんが書《か》いた「いっぽんの鉛筆《えんぴつ》のむこうに」（福音館書店《ふくいんかんしょてん》）があります。きょうみがあったら読《よ》んでみましょう。

こんなお話《はなし》だよ！

ラマデビと春佳《はるか》、二人《ふたり》は同《おな》じ年《とし》ごろの女《おんな》の子《こ》。ラマデビは朝五時《あさごじ》におきて水《みず》をくみに行《い》きます。なぜかといえば、ラマデビの家《いえ》には水道《すいどう》がないから。でも、春佳《はるか》の家《いえ》では水《みず》とお湯《ゆ》がいつでも出《で》ます。……あれ？　同《おな》じ年《とし》ごろの女《おんな》の子《こ》なのに生活《せいかつ》はずいぶんちがうみたいです。じつは、ラマデビはインド、春佳《はるか》は日本《にほん》にすんでいるのです。遠《とお》くはなれた国《くに》にすむ二人《ふたり》の一日《いちにち》を、朝《あさ》ごはんや学校《がっこう》など、いろいろなところからしょうかいします。きみの生活《せいかつ》ともくらべながら、二人《ふたり》のようすをのぞいてみましょう。

この本《ほん》を読《よ》むためのヒント

ようふく
女《おんな》の人《ひと》は、サリーという長《なが》い一《いち》まいのぬのをまく。

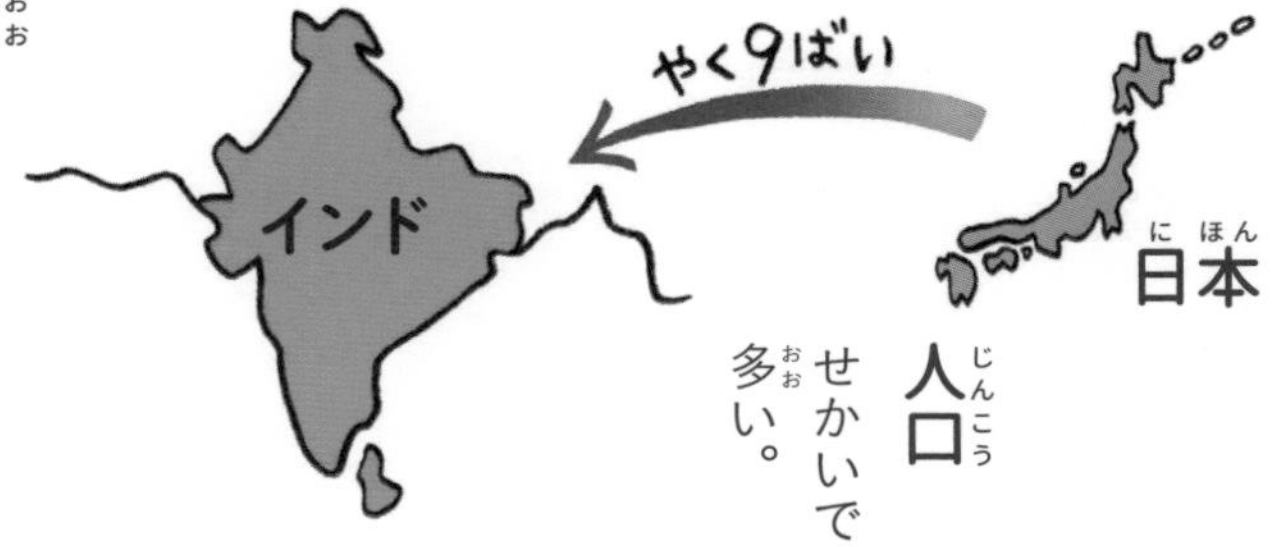

人口《じんこう》
せかいで二番目《にばんめ》に多《おお》い。

大《おお》きさ
せかいで七番目《ななばんめ》に大《おお》きい国《くに》。日本《にほん》のやく九《きゅう》ばい。

ことば
「ナマステー」は、ヒンディー語《ご》で「こんにちは」「おはよう」「こんばんは」といういみ。

チェック！ つぎのページに、この本《ほん》の読書《どくしょ》かんそう文《ぶん》のれいがあるよ！

こまったときは ここを見《み》よう！

1. ラマデビと春佳《はるか》の生活《せいかつ》はどんなところがちがうかな？
2. ラマデビの生活《せいかつ》について、どんなことを思《おも》ったかな？
3. 春佳《はるか》の生活《せいかつ》について、どんなことを思《おも》ったかな？
4. ラマデビは、どんな女《おんな》の子《こ》だと思《おも》うかな？

読書《どくしょ》
かんそう文《れい》
れい

『ふたり★おなじ星《ほし》のうえで』

原《げん》こう用紙《ようし》 2 まい

ラマデビとわたし

二年一組《にねんいちくみ》　野田《のだ》　ひろみ

　この本《ほん》には、インドにすんでいるラマデビと日本《にほん》にすんでいる春佳《はるか》という女《おんな》の子《こ》が出《で》てきます。ラマデビの生活《せいかつ》は、わたしとはぜんぜんにていないことが

はじめ

本《ほん》のせつ明《めい》

「だれが出《で》てくるか」「どんなことが書《か》いてある本《ほん》か」がわかるように、二《ふた》つの文《ぶん》にまとめて本《ほん》のしょうかいをしている。

なか ❶

気《き》になったところ

自分《じぶん》とくらべてちがうところを「**ちがうところは、〜ところです。**」の言《い》い方《かた》で書《か》いている。

きみの気《き》もちを書《か》こう

わかりました。

　ちがうところは、ラマデビが九才《きゅうさい》ぐらいだけど学校《がっこう》に行《い》かないで、はたけではたらいているところです。わたしは、「学校《がっこう》に行《い》けないってかわいそうだな。」と思《おも》いました。

　ほかにちがうところは、ラマデビの家《いえ》に水道《すいどう》がないところです。ラマデビはいつも早《はや》おきし

なか①
自分《じぶん》の考《かんが》え
自分《じぶん》とのちがいに気《き》づいたときの気《き》もちを「。」をつかって書《か》いている。

◎まねしよう！
「ちがうところは、～ところです。」「ほかにちがうところは、……ところです。」の言《い》い方《かた》をすると、自分《じぶん》が「ちがうと思《おも》ったところ」をじゅん番《ばん》にわかりやすくせつ明《めい》できる。

なか②
気《き》になったところ
自分《じぶん》とくらべてちがうと思《おも》ったところを、二《ふた》つの文《ぶん》でせつ明《めい》している。

きみの気《き》もちを書《か》こう

て水《みず》をくみに行《い》きます。わたしはびっくりしました。どうして水《すい》道《どう》がないのかなあと思《おも》いました。

ラマデビが家《いえ》のてつだいを一《いち》日《にち》じゅうして、お母《かあ》さんをたすけているところが、えらいと思《おも》いました。ラマデビのように、わたしもおてつだいをしっかりしたいと思《おも》いました。

なか❷

自分《じぶん》の考《かんが》え

自分《じぶん》とのちがいに気《き》づいたときの気《き》もちと、ぎもんに思《おも》ったことを書《か》いている。

おわり

強《つよ》く思《おも》ったこと＋これからしたいこと

お話《はなし》の中《なか》に出《で》てくる人《ひと》について強《つよ》く思《おも》ったことと、自分《じぶん》がこれからどうしたいかという思《おも》いを書《か》いている。

まねしよう！

「◯◯のように、わたし（ぼく）も〜したいです。」の言《い》い方《かた》をすると、お話《はなし》の中《なか》の人《ひと》と同《おな》じようにしたいな、と考《かんが》えたことがわかる文《ぶん》が書《か》ける。

ぼくのうちはゲル

〝まあるい〟はやさしさのしょうちょう
いつでも丸《まる》いうちがジルの家《いえ》

バーサンスレン・ボロルマー ● 作
長野ヒデ子 ● 訳
石風社　2006年
32ページ

さいしょはお母《かあ》さんのおなか、そしてゆりかご、ゲル(おりたたみ式《しき》の家《いえ》)、さいごに大地《だいち》と、ジルが生《い》きている場《ば》しょはいつ

も〝まあるい〟。きせつでいどうしながら生《い》きるモンゴルの人《ひと》の生活《せいかつ》は、きみの生活《せいかつ》とどこがちがうのでしょう？

地球《ちきゅう》ものがたり　熱帯《ねったい》の森《もり》の家族《かぞく》

熱帯《ねったい》の森《もり》にすむマチゲンガぞくは
どんなくらしをしているのかな？

関野吉晴 ● 著
ほるぷ出版　2014年
60ページ

アマゾンの熱帯《ねったい》の森《もり》にすむマチゲンガぞくは、しぜんと一体《いったい》となって生活《せいかつ》しています。ちょしゃがマチゲンガぞくと交《こう》りゅうした四十年間《よんじゅうねんかん》が、しょうかいされています。きみは、どのしゃしんが心《こころ》にのこったかな？

イタリアのごはん

毎日《まいにち》スパゲティ？　それともピザ？
イタリアの人《ひと》たちのごはんを
のぞいてみよう！

銀城康子 ● 文
マルタン・フェノ ● 絵
農山漁村文化協会　2007年
33ページ

イタリアにすむ、ある家《か》ぞくのごはんを絵《え》でわかりやすくしょうかい。イタリアの人《ひと》たちはふだんどんなものを食《た》べているのかな？　きみが食《た》べている家《いえ》のごはんと、どこがちがうのか、見《み》くらべてみましょう。

みるずかん・かんじるずかん

世界《せかい》のあいさつ

漢族《かんぞく》、マオリ族《ぞく》、アラブ人《じん》…
世界《せかい》の人《ひと》たちの
めずらしいあいさつ

長新太 ● 作
野村雅一 ● 監修
福音館書店　1989年
32ページ

日本人《にほんじん》は、おじぎをしてあいさつをするけれど、ほかの国《くに》ではどうなのかな？　この本《ほん》では、世界《せかい》の国《くに》のあいさつのしかたをたくさんしょうかいしています。どの国《くに》のあいさつが、おもしろいと思《おも》いましたか？

世界《せかい》とであうえほん

世界《せかい》の人《ひと》たちのくらしを
のぞいてみよう！

村田ひろこ ● 文・デザイン
てづかあけみ ● 絵
辻原康夫 ● 監修
パイ インターナショナル　2012年
48ページ

世界《せかい》には、さまざまなことばやようふく、家《いえ》、食《た》べもの、のりもの、あそび、スポーツなどがあります。世界地図《せかいちず》で国《くに》の場《ば》しょをたしかめながら、読《よ》んでみましょう。きみは、どの国《くに》のどんなところにきょうみをもちましたか？

だいすきなもの

ネパール・チャウコット村《むら》のこどもたち

だいすきなものって何《なん》だろう？
ネパールの子《こ》どもたちと
くらべてみよう

公文健太郎 ● 写真
偕成社　2007年
40ページ

ネパールのチャウコット村《むら》の子《こ》どもたちが、だいすきなものを答《こた》えています。日本《にほん》にいるきみとネパールの子《こ》とをくらべて、だいすきなものはどうちがうかな？　それとも同《おな》じかな？　きみのだいすきなものも書《か》いてみましょう。

トイレのおかげ

たくさんのふしぎ傑作集《けっさくしゅう》

ヴェルサイユきゅうでんから
うちゅう船《せん》まで、
トイレのれきしや
しくみを楽《たの》しく学《まな》べる！

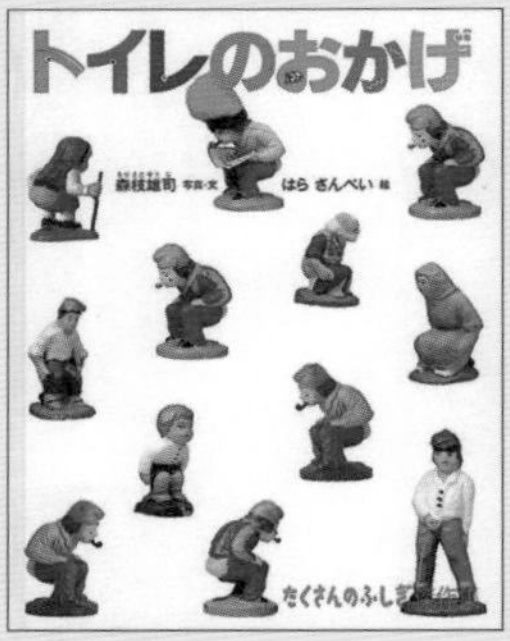

森枝雄司 ● 写真・文
はらさんぺい ● 絵
福音館書店　2007年
40ページ

ヨーロッパのおしろでは、出《で》まどトイレからオシッコやウンコを下《した》においとしていた!?　そんなびっくりするような、トイレのれきしとしくみをしょうかいした本《ほん》です。むかしのトイレと今《いま》のトイレをくらべて、きみはどう思《おも》いましたか？

すごいね！ みんなの通学路《つうがくろ》

ふねで通学《つうがく》する国《くに》がある!?
いろいろな国《くに》のさまざまな通学方《つうがくほう》ほうにびっくり！

ローズマリー・マカーニー ● 文
西田佳子 ● 訳
西村書店　2017年
34ページ

世界《せかい》には、空中《くうちゅう》のロープをたぐったり、ふねをこいで川《かわ》をわたったりして通学《つうがく》する子《こ》どもたちがいます。どんなに大《たい》へんな道《みち》のりでも、子《こ》どもたちは学校《がっこう》へ通《かよ》います。どうしてでしょうか？　それは、みんな学校《がっこう》が大《だい》すきだからです。この本《ほん》は、そんな世界《せかい》の子《こ》どもたちの通学方《つうがくほう》ほうをしょうかいしています。きみは、どのしゃしんを見《み》て、どんなふうにかんじましたか？

ふしぎなボジャビのき

アフリカのむかしばなし

木《き》の名前《なまえ》を当《あ》てれば、おいしい木《き》のみが手《て》に入《はい》る

ダイアン・ホフマイアー ● 再話
ピート・フロブラー ● 絵
さくまゆみこ ● 訳
光村教育図書　2013年　25ページ

おなかがすいたどうぶつたちは、赤《あか》いみの木《き》を見《み》つけました。そのみはマンゴーのようなあまいにおいで、メロンくらいの大《おお》きさ。そしてしんせんなザクロみたい。でも木《き》にいるヘビがじゃまをして…。どうぶつたちは赤《あか》いみを食《た》べられるでしょうか？

マララのまほうのえんぴつ

世界《せかい》をかえるのは
だれでもない、わたし

マララ・ユスフザイ ● 文
キャラスクエット ● 絵
木坂涼 ● 訳
ポプラ社　2017年
39ページ

十七才《じゅうななさい》でノーベルへいわしょうをじゅしょうした、マララさんのものがたりです。自分《じぶん》の生活《せいかつ》にぎもんをもったマララさんは、世界《せかい》にむけてメッセージをおくりました。きみは、どんなところが心《こころ》にのこりましたか？

※さくいんは 143 ページからはじまります。

作品名《さくひんめい》五十音順《ごじゅうおんじゅん》さくいん（つづき）

ブックガイドのページで大《おお》きな字《じ》になっている、だい名《めい》と対応《たいおう》しています。

作品名《さくひんめい》五《ご》十音順《じゅうおんじゅん》さくいん

企画・監修

上條晴夫 かみじょう　はるお

1957年、山梨県生まれ。山梨大学教育学部卒業。小学校教師・児童ノンフィクション作家を経て、教育ライターとなる。現在、東北福祉大学教育学部教授。Webマガジン「リフレクションLab」代表として、多様な子どもたちに向けた教材開発、ワークショップ型授業の提案などさまざまな活動を行う。「学習ゲーム研究会」代表。「実践！　作文研究会」代表。「お笑い教師同盟」代表。著書に『書けない子をなくす作文指導のコツとネタ』（学事出版）、『図解　よくわかる授業上達法』（学陽書房）など多数。

イラスト	アサミナオ
デザイン	ヨツモトユキ
レイアウト・DTP	三浦 悟・本田理恵（Trap）
編集協力	梨子木志津・夏目桃子（カラビナ）／板谷路子／武藤久実子
校正	くすのき舎

掲載出版社
（敬称略、五十音順）

あかね書房／あすなろ書房／アリス館／岩崎書店／岩波書店／絵本館／偕成社／学研プラス／KADOKAWA／教育画劇／金の星社／くもん出版／クレヨンハウス／好学社／佼成出版社／講談社／小峰書店／小学館／自由国民社／鈴木出版／スタジオ　タック　クリエイティブ／世界文化社／石風社／大日本図書／汐文社／東京書籍／童心社／徳間書店／西村書店／冨山房／冨山房インターナショナル／農山漁村文化協会／パイ　インターナショナル／PHP研究所／ひさかたチャイルド／評論社／ビリケン出版／福音館書店／フレーベル館／ブロンズ新社／文化出版局／文研出版／保育社／ポプラ社／ほるぷ出版／光村教育図書／らんか社

ブックガイドでは、学校や地域の図書館で借りることも前提にしています。
そのため、現在入手できない作品が掲載されていることもあります。あらかじめご了承ください。

小学1・2年生　スラスラ書ける読書感想文

2021年7月10日　第1刷発行
2024年6月10日　第5刷発行

企画・監修　上條晴夫
発行者　永岡純一
発行所　株式会社永岡書店
〒176-8518 東京都練馬区豊玉上1-7-14
03-3992-5155（代表）03-3992-7191（編集）
印刷　精文堂印刷
製本　ヤマナカ製本

ISBN978-4-522-43790-2　C8090